KB135483

광교산 가는 길

한국시학 시인선 024

광교산 가는 길
한국시학 시인선 024

초판 발행 | 2020년 5월 15일

지 은 이   임병호
펴 낸 이   김광기
편집주간   박현솔
펴 낸 곳   문학과 사람
           Literature and Human
출판등록   2016. 7. 22. 제2016-9호
주   소   경기도 시흥시 하상로 36 금호타운 301-203
           서울시 마포구 성미산로 1길 30, 2층
대표전화   031) 253-2575
homepage http://cafe.daum.net/yadan21
E_mail   keeps@naver.com

ISBN 979-11-90574-00-6 03810

값 12,000원

광교산 가는 길

임병호 시집

오늘도 광교산 가는 길을 걷는다

경기도 땅 수원에서 태어나 74년 세월을 수원에서 살고 있다. 1975년 첫 시집 『幻生』을 발간한 이후 『광교산 가는 길』은 스물 두 권째 시집이다. 이번 시집은 대부분이 수원의 자연, 역사, 수원의 삶, 정한을 노래한 작품들이다. '수원 유정'이다.

수원은 산자수명하고 문화와 역사가 그윽하여 문학적 자산이 풍부하고 향기로운 고장이다.

'광교적설光敎積雪' '북지상연北池賞蓮' '화홍관창華虹觀漲' '용지대월龍池待月' '남제장류南堤長柳' '팔달청풍八達晴風' '서호낙조西湖落照' '화산두견花山杜鵑'의 「수원팔경」과 '화산서애花山瑞靄' '유천청연柳川晴烟' '오교심화午橋尋花' '길야관상吉野觀桑' '신풍사주新風社酒' '대유농가大有農歌' '화우산구華郵散駒' '하정범익荷汀泛鷁'의 「수원 춘팔경」, 그리고 '홍조소련虹渚素練' '석거황운石渠黃雲' '용연제월龍淵霽月' '구암반조龜巖返照' '서성우렵西城羽獵' '동대화곡東臺畵鵠' '한정품국開亭品菊' '양루상설陽樓賞雪'의 「수원 추팔경」은 도시화로 다소 변모하기는 하였지만 옛 풍경을 되살리면서 지금도 아름답다.

예로부터 시인·묵객들이 「수원팔경」 「수원 춘팔경」 「수원 추팔경」을 명작으로 남겼다. 오늘날도 수원의 역사, 절경을 소재로 훌륭한 작품들을 많이 쓴다. 특히 다른 지역 문인들의 '수원 예찬' 작품을 대하면 수원 토박이의 한 사람으로 그 감상의 기쁨은 각별하다.

나는 수원에서 출생한 것에 대하여 무한한 긍지를 갖는다. 아울러 '수원사람'임을 자랑스럽게 생각한다. 지면에서 '물水'자만 보아도 반갑다. '고향 사랑'을 詩로 쓸 수 있음은 축복이다.

광교산은 수원을 품에 안은 진산이다. 사계절 언제나 희망을 준다. 산문에 들어서면 평안하고, 산정을 우러르면 삶이 푸르러진다. '광교산 가는 길'을 수구초심의 심경으로 안내하는 연유이다.

시집 표지화 「수원의 미래상」은 자유·평화·사랑·고적·성곽·맑은 물·맑은 공기가 가득한 수원을 잘 가꾸고 보존하여 길이길이 행복하기를 염원하신 김학두 화백님의 뜻이 담긴 명화이다. 광교산에 가는 나의 마음도 그러하다.

수원은 내 문학의 고향이다.

2020년 5월, 임병호

■ 차 례

1부

아, 수원 華城!

동녘을 품에 안고 밝아오는 수원 땅
팔달산 기슭 아래 백성들이 모여 살고
온 누리 빛이 모인 광교의 푸른 영봉
십여 리 버들 따라 수원천 흐르는데
격양가 드높다 옥야천리 넓은 들

화홍문 칠간수에 무지개 영롱하면
세월도 쉬어가는 방화수류 팔각정
만석거 맑은 호심 희고 붉은 연꽃이여
공심돈 소라각에 명월이 떠오르고
봉화대 힘찬 횃불, 나라 앞날 밝힌다

속세를 씻겨주는 광교산 계곡 옥수
낙락장송 팔달산에 백화천조 어울리면
어버이 향한 마음 두견으로 울어 예고
현륭 송충 깨문 아픔 비단잔디로 꽃 피는데
가이없는 효도의 길 거룩한 발자취여

뒤주 속 슬픈 생애 사도세자 그 통한
애달프다 임의 호곡 따라 울던 강산이여

배봉산 외로움을 마침내 불사르고
하늘 우러러 화산에 모신 어버이 혼 앞에서
극락왕생 길 밝히는 용주사의 목탁소리

백성 사랑 어진 뜻 삼천리에 펼치시며
어버이 위한 수원 화성 겨레 얼로 이룩하고
현륭원 오고 가신 능 행차 백리 길
지지대 고갯마루 피눈물에 젖을 때
초목들도 목이 메어 고개 숙여 흐느꼈다

돌 하나 기와 한 장 풀꽃에도 서린 효심
동서남북 사대문 깊은 역사 오고 가고
민족의 정기 성곽 따라 화성장대 오르면
연무대 천군만마 함성소리 드높은데
꿈인 듯 생시인 듯 구름 속의 수원 팔경

수원천도 크신 뜻 이승에서 못 이루고
불효자 죽거든 부왕 곁에 묻으라
오늘도 가슴 적시는 높고 깊은 임의 말씀
만백성 통곡소리 하늘가에 울렸는데

무릎 꿇어 숨죽인 청산이여 강물이여

머리 풀어 옷감 짜고 뼈 깎아 만든 바늘
살가죽 신을 삼아 어버이께 드리리라
천지의 햇살처럼 임의 숨결 영원한데
청솔 숲 바람소리 부모은중 일깨우는
찬연하다 이 땅의 빛, 아아 수원 화성!

* 華城 : 조선조 제22대 정조대왕이 1793년 ~ 1796년 수원 팔달산을 중심
으로 축조한 4,600步 5,743.56m의 성곽. 사적 제3호이며 1997년 12월 4일 유
네스코 세계유산위원회 제21차 총회에서 '세계문화유산'으로 등재되었다.

수원읍성

우거진 잡초 속에 묻힌 그 옛날 영화 그립구나
황구지천 유유히 흐르던 옥토 모수국 수원고을
독산성 돌아 찾아오니 옛 성터 주춧돌만 뒹군다

보금자리 뒤에 두고 떠난 백성들 恨 서린 花山
현륭원, 만고효자 혼령 계신 건릉이 지키는데
오늘 따라 가슴 적시는 두견화 붉은 눈물이여

이 봄날 화산 두견은 왜 저리도 구슬피 우는가
수원 민초 망향가인가, 어버이 찾는 절규인가
중생 극락왕생 발원하는 용주사 목탁소리인가

영고성쇠 눈물겨운 수원읍성 옛터에 핀 들꽃들
이 사바세계에서 변하지 않는 게 어디 있으랴
탑산 너머 푸른 하늘 흰 구름이 길손을 부른다.

---

　* 水原邑城 : 원래 수원부 관아 소재지 화산에 있었던 1,320m의 토성. 현재
의 화성시 기안동 산 22 일대이다. 사도세자의 묘소가 양주 배봉산에서 수원
화산으로 천장되면서 팔달산 화성이 축성될 때 까지 읍성 기능을 했다.
　화산 아래에서 살던 수원부민들은 조정의 신읍치 조성 계획에 따라 현재의
팔달산 화성으로 집단 이주했다.
　* 牟水國 : 수원의 옛 지명
　* 현륭원 : 정조대왕 부친 사도세자의 묘소 옛 명칭. 현재의 융릉.

화성행궁

애달프다, 현륭원 지하에 아바마마 계시거늘
차마 예서 혼자 쉴 수 없구나, 긴 밤 지새우신
정조대왕 눈물 젖은 효심, 宮 안 곳곳 서렸다

그리운 지아비 사도세자 환생하셨는가
금잔 받으시는 혜경궁마마 회갑연 정겨운데
지금도 들려오는 봉수당 그 옛날 풍악소리

오로지 백성 사랑, 나라 사랑 한 삶으로
봉황이 날개 펴는 신풍루 찾으신 성군이여
화성행궁 느티나무 오늘 더욱 높푸르다.

---

* 화성행궁 : 정조대왕이 수원에 행차했을 때 거처하던 행궁으로 경복궁의
별궁으로 불린다. 정조대왕은 재위 기간 중 열 세 차례 화성행궁에 거둥하였다.
* 혜경궁마마 : 정조대왕 모친 혜경궁 홍씨
* 봉수당 : 화성행궁 정당. 혜경궁 홍씨 회갑연이 열린 곳.
* 新風樓 : 화성행궁 정문. '신풍'은 국왕이 새로운 고향으로 삼았다는 뜻.

화성행궁 느티나무

조선의 牧民心書로다
화성행궁 거목
느티나무 세 그루여

수원 오신 정조대왕
신풍루에 올라
민심을 보살피고

영의정 좌의정 우의정
느티나무 아래서
御心을 받드는데

창검을 번쩍이며
오늘도 장용영 무사들
화성행궁 지킨다.

* 화성행궁 신풍루 앞 느티나무 세 그루는 品자 형태로 삼정승을 뜻한다.
* 壯勇營 : 정조대왕의 친위 외곽부대로 화성행궁에 주둔했다.

남제장류

柳京이 예로구나
윗버드내, 아래버드내
여인의 허리인가, 휘늘어진 버들가지 곱다

화홍문 일곱水門
아홉澗 남수문 열어
물 고을 가슴 적신 푸른 광교 맑은 玉水

長柳는 끝이 없고
꾀꼬리 소리 향긋한데
南堤둑 임 발자취 따라 화산으로 흐른다.

* 南堤長柳 : 수원팔경 중 한 곳.
* 柳京 : 옛 수원의 별칭.

지지대

화산 현릉원에
아바마마 외로이 계시거늘
어찌 혼자 환궁하는가

더디 더디 걸으시며
뒤돌아 보시는 발길
천근 만근 무거운데

화성의 얼 거룩한 수원 땅
차마 떠나지 못하시고
걸음 멈추시던 고개마루여

구름도 머무는
남쪽 하늘 바라보시며
깊은 恨 눈물로 달래시네

수원 백성 자자손손 복되게 하리라
어마마마 모시고 수원에서 살리라
내가 죽거든 현릉원 언덕에 묻어 달라
〈

산새가 날개 접고
초목들이 고개 숙인
遲遲峴 오르면

붉게 붉게 두견 울어예고
천년 바람도
돌아가는데

아, 임의 생애 부활하고
그 음성 들린다
수원의 어제가 부활한다.

* 지지대 : 정조대왕이 아버지 사도세자의 묘소인 현륭원을 참배하러 갈 때,
아버지의 묘가 내려다 보이는 데도 묘까지 가는 시간이 너무 더디게 느껴져 "왜
이리 더딘가" 하고 한탄하였다. 또 참배를 마치고 한양으로 돌아가는 길에 이
고개를 넘으며 더 이상 아버지의 묘가 보이지 않아 이 고개에서 눈물을 흘리며
환궁을 한참 지체하였다. 이에 임금의 행차가 늦어지는 곳이라 하여 더딜지(遲)
를 두 번 붙여 백성들이 지지대라고 불렀다고 한다.
* '내가 죽거든 부왕 곁(현륭원 옆 언덕)에 묻어 달라' : 정조대왕이 생전에
재상 채제공에게 한 말.

방화수류정

천년 그리움이
달빛으로
피어 오른다

화홍문 흐르는
수원천
푸른 물소리
가슴을 적시면

세월도
쉬어 가는
방화수류정

그리운 사람아

용지 호심에 떠오른
팔각정이
오늘 더욱 유정하다.

* 訪花隨柳亭 : 수원팔경 중 한 곳인 龍池待月의 팔각정으로 동북각루라고도 한다.

서호 여기산

山이 얼마나 고우면 일 년 삼백육십오일 품고 있는가
수원 西湖, 麗妓山이 연인인 양 정 나누고 살고 있네
소동파가 오셨는가, 꽃새가 모이는 항미정 아름답다

백성사랑 축만제의 높은 뜻 서둔곡창으로 풍요롭고
인근 사방백리 옥토 격양가 드높게 울려 퍼졌는데
제방 수양버들 천사만사 흩날리던 그 옛날 선연하다

수원 찾는 길손들의 가슴 씻어주는 장쾌한 폭포소리
호심에 잠기는 저녁노을이여 여기산 수묵 그림자여
서호낙조에 뿌리 내린 낙락장송, 반오백년 회상한다.

* 祝萬堤 : 정조대왕이 화성을 축성하고 1799년 농업 진흥을 위해 여기산
아래에 축조한 西湖의 옛 이름.
* 西湖落照 : 수원팔경의 한 곳

화성장대

하늘 한복판 팔달산 푸른 봉우리에 높이 솟았네
서장대 오르면 가슴 속에 펼쳐지는 수원의 역사
전설인 듯 생시인 듯 성군 생애 한 눈에 보인다

애달픈 현륭원 참배 환궁길, 팔달산 서장대에서
화성 수비군 주야훈련 진두 지휘하시던 그 위용
눈부시다, 동녘 봉돈에서 횃불로 아침 열었느니

어명 한 번 내리면 천 만길 치솟아 오르는 용맹
군령 따라 壯勇外營 친병들의 창검이 번쩍이는데
시위 떠나 과녁에 백발 명중하는 화살을 보아라

창룡 · 화서 · 팔달 · 장안, 성곽 사대문 장엄하고
방화수류 동북각루, 화홍 북수문, 명월 소라각
창연하다, 우렁차다, 동장대 천군만마 함성이여

城神이 살고 구름도 머물다 가는 팔달 정상에서
사방 백리 돌아보며 대망의 억겁 세월 내다보며
오늘도 서장대는 聖都 수원 화성, 의연히 지킨다.

가을 건릉

아뢰옵기 황공하오나, 전하
수원 화산의 가을빛 담긴
단풍주를 올리오니 흠향하시옵소서

부왕마마, 혜경궁마마 알현하옵고
삼가 전하의 용안 뵈오러
화성 옛길 따라서 왔나이다

전하, 아뢰옵기 송구스러우나
수원 만백성 정성으로 빚은
송엽주도 올리겠나이다

삼라만상 황홀하오니, 전하
중전마마 모시옵고
안녕리 숲 어루만져 주시옵소서.

* 건능 : 정조대왕 능

暗門

귀신들도 몰랐다

동장대 서쪽 동암문
서장대 남쪽 서암문
서암문 남쪽 서남암문
팔달문 동쪽 남암문
동북각루 동쪽 북암문

수원 화성 지키기 위하여
수원 백성 지키기 위하여
수원 산천 지키기 위하여

바람처럼 구름처럼
달빛처럼 별빛처럼
산새처럼 안개처럼

城 안, 城 밖
암문으로 오고 갔다
가고 또 왔다
〈

암문이 열리면 민심이 들어오고
닫히면 성곽,
청솔숲이 되었다

화성행궁 신풍루 軍旗들이 나부꼈다
둥 둥 둥 울리는 승전고 큰 북소리!
민초의 환호가 장안 사대문을 넘쳤다

누가 알랴, 알았으랴
암문이 열리고 닫히는 순간
팔달산 귀신들도 몰랐다.

봉녕사

수원 광교산 푸른 남녘 성지, 천년 가람이여
원각국사 혜각국사 묘엄스님 불심 숙연하고
사바 중생 영혼 구제하는 풍경소리 자비롭다

입주문 들어서면 나, 너, 이미 둘이 아니거늘
반야와 번뇌도 둘이 아니다 한마음 되었느니
숲길에서 보는 솔바람 자취, 극락이 여기인가

소리에 놀라지 않는 사자와 같이 가라고 한다
그물에 걸리지 않는 바람과 같이 가라고 한다
종소리 듣는 사람, 삼계 고해 벗어난다고 한다

비구니 독경소리 따라 하늘에서 꽃비 내리고
진흙에 물들지 않는 연꽃같이 속세 밝히는데
올곧은 향나무, 오늘도 천상 구름처럼 푸르다.

수원천

光教山心 푸른 물, 忘川 大川 華川 柳川, 별칭도 유정하다
상광교 하광교 계곡, 방화수류 휘돌아 내린 청아한 물소리
화홍문 남수문 윗버드내 아래버드내에서 천년 세월 만난다

龍也待月 華虹觀漲 南堤長柳 물길 닿는 곳마다 이루는 절경
수초꽃 사이로 논우렁이도 노니는 수원천, 뭉게구름 머흘고
반딧불이가 꿈길 밝히는 밤이면 별빛들이 내려와 어울린다

수원천 찾는 길손들 매향교에서 발길 멈추면, 종로 여민각
성군 효심 거룩한 화성행궁 신풍루 삼정승木 기개 의연한데
軍令旗 펄럭이는 화성 사대문, 성루 지키는 서장대 창연하다

항상 낮은 데로 임하라, 수변길 걸으면 들리는 천상의 목소리
물은 먼저 흐르지 않는다, 순응한다며 수양버들 따라 오는데
물처럼 착하게 살자, 세상 사람들 영혼 맑게 씻어주는 수원천!

사시장철 물 고을 유유히 적셔주는 玉溪靑流, 無明을 밝혀주고
광교산정에서 샘솟는 춘풍춘우 삶의 터전 저 만년수 수맥이여
팔달산 품에 안고 세세년년 더불어 사는 수원사람들 젖줄이다.

2부

우만동 흙

능금이 붉게 붉게 익어가는 우만동
그 집 사람 살결에는 은은히
흙 내음 풀 내음이 스며 있더라.

천지가 불타는 가뭄에도 그 집
텃밭에는 감자꽃이 피고 지고
고명아들 불알처럼 흙 속에서
감자알이 참 잘도 크더라.

국유림 빈터에도 구슬땀 흘리며
채마밭 일구는 그 집 사람은
큰 길 옆 농토에 씨앗 심지 않고
돈 열매 기다리는 도시의 지주님들
흙이 목숨인 줄 모른다 걱정하더라.

인분 청소차 오지 않는 변두리
흙이 검게 살찌는 우만동 그 집
지붕 푸르게 덮어가는 박넝쿨에
흥부의 행복이 주렁주렁 열리고
달밤이면 지순으로 꽃들이 하얗게 피더라.

당당한 내일

우만동 제야의 자정 부근에서
떠나가는 한 해
삼백 육십오일의 뒷모습을 보았다
파란만장이 있었으나
그래도 추억으로 남을 나날이었다
말없이 환송했다

새로 열린 동녘에서
또 한 해 첫날이 오고 있었다
내일을 배경 삼은
앞모습이 당당했다
뒤에서 산맥들이 출렁거리고
솟구치는 파도소리가 시퍼랬다

역사여, 命하노니
향기로운 세상을 만들라
산천초목이 하늘을 받들고
대지에서 사람들이 춤추게 하라
저 눈물을 일으켜 세우고
강물이 깊게 흐르게 하라, 역사여

〈

세월은 쉬지 않았다
제야의 그 線上에서
어제가 떠난 뒤 오늘이 바로 오고
세상이 제 모습을 드러냈다
농부가 되어 어부가 되어 광부가 되어
사람들이 당당하게 밖으로 나섰다.

조용한 노래

산새들 지저귀는 소리에 하루가 열리면
온 우주가 한 눈에 안겨 오네.

사시사철 청솔 빛이 가슴에 스며드는
수원시 우만동 292번지 1호
林成珍네 집 TV 안테나에
뻐꾸기 한 마리가 며칠 새벽을 앉아서
풀빛 소리로 주위를 밝히더니

오늘 아침에는 까치들이
또 그 자리에 모여 앉아
이 세상 좋은 일은 모두 부르듯
참 청명하게 합창을 하네.

성진이 엄마가 틈틈이 일군 텃밭에는
여자들 화장품보다 더 향기로운
잘 썩은 거름 냄새···
상추 아욱 파 무 배추 들깨 옥수수 고구마 콩
검푸른 호박잎에 이슬이 빛나는데
〈

우만동 292번지 1호
성진네 집 처마에 요즈음
흥부의 제비들이 집을 짓고 있네.

* 牛滿洞 : 소가 살 찌는 마을이라는 설화가 전해온다.

귀가 길

주홍이 꽃피는데 야심한들 어떠랴
천천히 걸어서 돌아오는 길
도심을 벗어날수록 밝아지는 가슴으로
일상 창룡문을 들어서면
이 세상천지에서 가장 따사로운
우만동 292번지 1호의 아늑한 불빛

그래, 지금쯤 집에서는 딸들이
동화책 속 꽃사슴들과 뛰어 놀고
아내는 분명히
고명아들 대견해 미소 짓고 있으렸다

해 뜰 때 山새들 맑게 지저귀는
상수리나무 숲길을 지나
콩 포기 검푸른 밭두렁을 걸으면
연인처럼 안겨오는 싱그러운 흙 내음

논에서는 개구리들이 풍년가를 부르고
반딧불이 풀섶에서 동심을 깨우는데
딸들아 아들아 저 아름다운 별빛을 모아

느이들 목걸이를 만들겠다, 어떠냐

소나무들 숨소리 들리는 고개를 넘어
아방궁보다 장엄한 오막살이에 다달으면
목숨인양 지켜보는 하늘, 그 피안의 자리에

아, 어머니, 아버지
초승에도 그믐밤에도
보름달 되어 떠오르는 두 분 얼굴이
몸 위해 일찍 자라고 생시인 듯 말씀하셨다.

* 창룡문 : 화성의 東門

열사흘 달빛이 있는 우만동 과수원 풍경

나뭇가지마다

연연히

그리움 쌓이고

사랑아,

그대의 손짓

온 천지에

달빛좀

그윽하다.

우만동 빛

꽃인 양
다소곳이
이슬비를 맞으며
아내 혼자서
채마밭 김을 매고 있네

부끄러운
속살
젖어도
보조개 그리는
착한 눈매

다섯 살
막내딸이
호박잎 우산 들고
토끼처럼, 토끼처럼 뛰어오네.

우만동 스케치

실비가
햇살로 내려오는
정월 어느 날 아침
빗물에 젖어
싱그러운 겨울 숲 나뭇가지 사이에서
까치 소리, 참새 소리
은빛으로 빛나고
보리며 호밀밭
밭두렁 건너 순이네서 흰둥개가
원근법으로 짖고 있었다.

청솔 바람을 앞세우고
山짐승 새끼처럼 모여서
하늘로 열굴 향해
두 팔 벌려 비를 맞는 아이들
가슴속마다
푸른 새싹이 돋아나오고 있었다.

그리운 옛날
과수원집 굴뚝에서 고향 이야기되어

밥 짓는 연기 피어오를 때
아침 안개 속을 걸어오는 봄
봄의 발자국 소리,
겨울이
과수원 길옆으로 비켜서고 있었다.

아침 산보

여름날 아침 한때
네 살짜리 아들과 함께 거니는
우만동 오솔길,
녀석이 뒷짐 지고
킥킥대며 앞서가고 있다

가뭄에 야위었던 天地玄黃
사흘 비에 푸르르고
콩 포기, 녹두 잎, 싸리나무 잎새에서
이슬방울이 서로
눈 맞추는 중이었다

푸드득, 푸드득
망초꽃 덤불 속에서 날아오르는
때까치 한 쌍의
싱싱한 飛翔!

토지구획정리 확정 지역
언덕 아래 논에서
개구리, 맹꽁이들이 섧게

섧게 울고 있다

바야흐로 퍼져 오는 햇살
제비들 날개에 실려 빛나는데
우만동 일대 하늘이 비치는
아들 녀석의 눈동자,

그 맑은 거울 속에
애비의 행복도 어울려 떠오르고
나무들이 배경으로 더욱 청청했다.

토지구획정리

나의 詩情이 밤마다 불면증에 신음했다
침략군처럼 불도저들이
우만동 292번지 일대
산허리를 짓밟을 때
바람도 숨을 죽이고 있었다

일제 전기 톱날에
청솔들이
피를 토하며 쓰러지고
산새들은 눈물 흘리며
푸르렀던 숲을 떠났다

복사꽃 지천으로
지천으로 피던 과수원집도
아파트 입주권 한 장에 무너지고
포크레인이 밤낮 없이
메밀꽃밭 살찐 곳을 강간했다

옛날 새벽 잠 은은히 깨우던
아, 뻐꾸기 소리,

그립다

서러운 세상사 달래 주던
까치의 노래는 또
어디서 다시 만나랴

흙 내음, 들풀 향기
우만동 이야기들이 그러나
밤에는 별이 되어 그 빛으로
내 抒情의 어둠을 밝혀 주었다.

잃어버린 노래

바람이 푸르게 모여 살던
우만동 山이
포크레인에 피흘리며 쓰러지고
점령군 보초병처럼 세워지는 전주들

허리 잘린
청솔 그루에 앉아서
아이들은
떠난 지 오랜
산새들 노래를 찾았다

물꼬에 살찐 송사리
개구리 울음

문전옥답
웅덩이에 떠오르던 별
달빛 속에서 잠들던
부엉이도 사라지고

시야에

난입하는
도심의 네온들

인근 산업도로 자동차 소리가
밤마다
추억을 깔아뭉개며 질주했다.

부활

흙냄새 나는 사람들은
떠나고, 모두 떠나가고
허무가
누워 있는 마을

재벌 회사 공장부지 푯말에
가슴 찔린 전답이
죽음 곁에서 신음하고

그리웠다
거머리 떼어 내며
모내던 시절

메밀꽃 밭 너머
수수 이삭 흔들며
참새 떼 몰려다니던 소리
품에 다시 안고 싶을 때

이태 째
허수아비 뼈다귀 뒹굴고

하루살이 들끓는
수만 평 유휴 농경지
온갖 잡풀 속에서

흙의 뿌리처럼
오, 벼 몇 포기 저절로
검푸르고, 푸드득
뜸부기가 날았다.

봄이 온들 무얼 하랴

이제는 어디로 가랴,
눈 쌓이던 아카시아나무에
오월처럼 아카시아 꽃 피우는 길
까치가 이따금 날아와 봄을 부르고
참새들도 옆 가지에 따라 앉아
맑게 재재거리는 상수리나무 숲,
겨울에도 밤낮 없이 광분하는
토지구획 불도저 침범에 피 흘리는 것이
어디 과수원뿐이랴, 날마다
도시 쓰레기에 눌려 신음하는
우만동 골짜기의 초목들,
양지쪽에 냉이 잎, 푸른 보리밭
새벽 밝히는 수탉의 힘찬 목소리
쇠죽 쑤는 부뚜막 굴뚝도 사라지고,
빛을 모아 사랑으로 살아가는
청솔 아늑한 시인의 집도 봄이 오면
아파트 입주권 받고 무너지는데
이제는 어디에 가서 다시 흙냄새 맡으랴
봄이 온들 또 무얼 하랴, 봄이 온들 무얼 하랴.

우만동 옛집의

차양을 두드리며
뜨락을 적시는
빗소리

포도
잎사귀
어루만지는
바람의 손길
저만치 보이네

사철나무
우물가
돌나물의 푸르름

비 개인 뒤
장독대 옆
백일홍 맑은 얼굴

채마밭
김을 매는
아내의 뒷모습
저만치 보이네.

3부

수원역

그리움이 열차를 타고 와서 플랫폼에 내린다
만나고 헤어지고 다시 손 마주 잡는 수원역,
서로서로 어깨 끌어안는 그 눈빛 따뜻하다

봄비 속에서 목련처럼 가슴 졸이며 기다리고
떠나는 이 보내며 손 흔들던 철로변 코스모스
외로우면 수원 도착 열차 기다리던 추억이여

그 옛날 경부선 기차 서서히 머물던 정거장
협궤철로 수여선, 수인선 기적소리 꿈같은데
지금은 고속열차, 지하철 차창여정 그윽하다

목숨 지킨 그 붉은 언약 어찌 잊을 수 있으랴
보고 싶은 이름아 가슴에서 꽃으로 피어나라
수원역 플랫폼에서 오늘도 그대를 기다린다.

연무동 山 16번지

고개 하나 넘으면
부모님 유택 계신
연무동 산 16번지에 살면서
외롭지 않았다

이른 아침
언덕에 오르면
밭갈이 나가시듯 벌써
산의실 길 걸어가시는
아버님 모습

봄
여름
가을
겨울
바람소리,

고개 넘어
오고 가시는
부모님 목소리

〈

때로는 부모님 가운데서 잠들던
어릴 적 그리워
한밤중
유택의 문 두드리면

철 없는 놈,
못난 녀석,
어머님은 한사코
빗장을 열지 않으셨다.

패랭이꽃
– 연무동 이야기 1

아무래도 삶이 즐거운가 봅니다. 우리 동네에 있는 수원여객 차고 모퉁이의 서너 평 쯤 되는 비닐하우스에서 철 따라 다른 과일을 파는 젊은 아줌마의 얼굴은 내내 봄빛입니다. 눈 내리던 지난 겨울 비닐하우스 안에서 젖 먹이던 아기가 햇살을 헤치며 걸음마를 하는 요즘, 그 기쁨을 바라보는 젊은 아줌마의 마음 둘레에 피어나는 패랭이꽃, 홍백의 패랭이꽃 향을 보았습니다.

아이들이 시냇물처럼
- 연무동 이야기 2

예쁜 꿈을 나누어 줍니다. 아이들에게 희망을 안겨 줍
니다. 창용초등학교 가는 길목의 희망문구점엔 아침이면
공책, 연필, 지우개, 색종이, 크레파스, 일기장을 찾는 아
이들 미소가 꽃밭을 이룹니다. 산골짜기를 흘러 내려온
초록빛 물소리, 희망문구점 아저씨와 아줌마는 아이들
목소리가 시냇물처럼 맑게 모여오는 아침이 즐겁습니다.
기다려집니다.

올바르게 살아가라고
– 연무동 이야기 3

    오늘도 표준당시계포 주인 홍 씨는 고장 난 시계를 고쳐줍니다. 세월이 올바로 흐르게 합니다. 이웃집으로 꽃넝쿨 넘겨주며 그냥 웃으며 살아가는 우리 동네 표준당시계포 홍 씨는 곱사등이. 그러나 생활은 청죽처럼 언제나 곧습니다. 우리들더러 고장 나지 않는 시계처럼, 자유를 위하여 흘러가는 오월의 강물처럼 올바르게 살아가라고 일러줍니다.

질경이꽃
– 연무동 이야기 4

  엄마야 ! 나야 나, 희숙이. 요즘 엄마 아픈 데 없지? 응? 나는 잘 있어. 기숙사 언니들이 귀여워해주구, 식당 아줌마들두 내가 이쁘대. 밥두 잘 먹구 반찬두 남기지 않는다구. 근데 나 엄마, 나 어저께 월급 탔다. 자그마치 십 사만 오천 원이야. 되게 많치? 그치? 앞으로 잔업을 많이 하믄 이십만 원도 탈 수 있대. 그때 내가 뭐랬어? 고등학교 안가길 잘했잖아. 취직하려구 학교 가는 건데 뭐, 난 벌써 수원에 와서 취직했잖아. 근데 있짜나 엄마, 나 오늘 월급에서 만원이나 썼어. 세타 하나 샀거든. 진달래꽃 색깔인데 언니들이 아주 이쁘대. 미안해, 엄마. 나만 비싼 옷 혼자 사 입어서. 엄마 오늘두 밭에 나가서 일했지? 허리 정 아프믄 일 하지마. 대신 내가 더 많이 일해서 돈 많이 벌게. 우리 집에두 전화 놓구, 논두 사구 그럴게. 회사에서 일하다가 엄마 생각만 하믄 눈물이 저절루 나와. 언니들이 날더러 울보래, 글쎄. 엄마, 이젠 그만 끄늘게. 참, 영자 엄마한테 전화 자꾸 바꿔 달래서 미안하다구 말씀 좀 잘해, 엄마가, 응? 알았어요, 엄마, 응, 으응. 알았어요, 엄마.

憂愁

– 연무동 이야기 5

술을 마시면 만취할 일이다
어쩌다 적당히 취한 밤은 괴롭다
베란다 화분 국화꽃잎에
가슴에도 달빛이 스며드는데
잠은 구만리 밖으로 사라진다
남편 잘 못 만나 시름 많은 아내
히프가 투실투실한 딸년들
때로는 애비 속옷 입고 학교 가는 아들 녀석도
이방 저 방서 모두 잠든 밤
무엇이 도대체 외로운가
숨 죽여 그리움 앓는 산나리꽃도
지금쯤 달빛에 젖어 있을 것이다
또 나의 노래는
어느 들녘, 산야를 헤매고 있는가
그래서 영혼이 바람처럼 흐느끼는데
아내가 새벽 다섯 시에 맞춘
자명종 시계소리 들을 수 없도록
술을 마시면 아무튼 대취할 일이다.

박꽃
– 연무동 이야기 6

오늘도 자정쯤 돌아와 내자 옆에 그림자처럼 누웠습니다. 빈가의 살림에 지쳐 잠든 내자의 얼굴을 보름달빛이 비쳐 주고 있었습니다.

어언간 지천명을 바라보는 내자, 딸 아들 장성했는데 실속 없는 남자 때문에 키만 더 작아졌다고 쓸쓸히 웃는 날이 많아졌습니다.

안빈낙도가 얼마나 외로운 길입니까. 가난은 또 얼마나 큰 죄 입니까. 뉘우치며 만져본 내자의 손이 너무도 거칠었습니다.

달빛 가득한 방안을 더욱 아늑히 밝히는 내자의 얼굴에서 박꽃이 웃으며 피어나고 있었습니다.

봄, 수원

열어놓은 창문으로
머언 山
계곡의 잔설 녹는 소리가
보랏빛 추억처럼 밀려들었다.

시청까지 걸어서 삼십여 분,
흙 내음 향기로운
연무동 길

발 앞에서 재재거리는 참새들이
출근 주위를
더욱 화안히 밝혀 주었다.

입춘 날 아침이었다.

이름은 모르지만
종로에서 가끔 마주치는
아가씨의 눈매가 한결 고와 보이고
거리의 사람들이 모두 따뜻한 이웃 같은데
〈

남문 로터리를 지날 때
팔달산에서 날아 왔겠지,
중앙극장 TV 안테나에
앉으며 날며 맑은 목소리로
도심에 봄의 노래를 뿌리는
까치 일곱 마리 · · ·

나는 사무실에서 온종일
목련꽃 살구꽃 개나리
꽃망울 열리는 마을 풍경이 떠올라
일이 손에 안 잡혔다.

* 1970년대 중반 작품

궁술대회장
– 동장대

겨냥하고 있다

가까운 듯 머언
과녁의 복판에 새겨진
赤色女心

일발에 적중시키기 위하여
높이 든 두 손,
두 손이 떨린다

여인이여

당신의 가슴을 찾는
저 영혼을
나직이 불러 들이소서

전진하는 바람을 따라
시위를 떠난
궁사의 불타는 기원,

아아 승천하고 있다.

소름 못

그 옛날 한 사람의 푸른 청년이 있었다
동굴 생활 백일이면 넓은 소망 이룬다고
수원 광교산 유곡에서 곰처럼 살았다

소름못이 그 광교산 비경을 품고 있는 곳
꽃 피고 달 뜨는 호심에서 세월이 머물고
해 뜨면 영봉에 올라 하계를 내려다 봤다

광교산 산신령님이 지켜 주셨던 백일백야
소름 못 맑은 물, 술 대신 마시고 취하고
달밤이면 하강한 선녀와 정담을 나눴다

그래도 사람 사는 세상이 그리워 밤이면
북두성 바라보며 눈물겨워 시름 달래고
아침을 기다렸다 다시 하산을 꿈꾸었다

반백년 전 시절처럼 깊고 맑은 봄 소름못
산목련 피어 옛날로 가는 길 향기로운데
산중 은거 백일 추억이 숲빛으로 푸르다.

* 소름못 : 광교산 산중에 있는 큰 연못. 小溜池라고도 부른다.

下山記

인식의 벼랑 위에서 내려다 보면
나의 음성이 시대의 탁류에 휩쓸리는
불만의 도시를 삭발하고 떠나
잊거라 잊거라 세상사 잊자면서
나무들의 수런거리는 내용을 채워보고
수시로 구름 불러 마주 앉아
세월이 흐르는 소리를 들어가며
휴화산의 의미를 분해했었네.
그러던 어느 날 광교 산정에 올라
문득 하계를 내려다 봤을 때
청탁서에 현금을 동봉해야만 시를 쓰는
슬픈 방법론의 거장님들을
늙은 걸인에 비유하고 동정하며
집권자보다 참으로 더욱 순수한
주점 계집들과 밤새 美學의 술 마시던
저항의 발자취 남은 土性이 그리워졌었네.
그후부터 내 의식의 핏빛 영혼은
부엉이 울음에 쌓인 움막집을 나와
달빛 속에서 막소주를 마시면서
성욕처럼 꿈틀거리는 인간에의 향수로

이백 개의 그 추억의 창문마다 외로운 불빛 밝혀놓고
돌아가자 돌아가라라 취하면 울었었네.
힘찬 습성으로 상류로만 치달아 올라가는
우기의 민물고기, 그 빛나는 의지로
헤쳐나가리라 시대의 어둠을, 그리하여
푸른 집념을 깃발처럼 앞세우고
환송하는 바람의 배웅을 받으며
思惟의 나날 석 달 열흘 만에 다시 돌아 왔었네.

4부

광교산

無上尊 혼령 머물러 계신 종루봉, 구름 속에 있구나
89암자 찾은 고운 최치원의 종태봉, 그 뜻도 알겠네
오늘도 하늘로 오르는 천년 빛, 자비로운 光敎로다

현오국사 깊은 유덕, 서봉사 성역 석탑에서 창연하고
창성사 진국국사의 법등이 사바세계 밝혀 눈부신데
원각국사 혜각국사, 동남 봉녕사에서 설법하시네

시루봉 종루봉 형제봉서 발원하는 푸른 물 수원천
서남향 계곡 따라 흘러내려 畿甸 十方三世 적시고
화홍문 칠간수, 남수문 九澗水門 폭포 물보라 이룬다

천년만대 수원 사람 지켜주는 連峰, 순결 무구하나니
선경이로다, 光敎佛音 光敎樹海 光敎晚秋 光敎積雪
광교산 山門에 들어서면 산정 종루봉 쇠북소리 들린다.

* 光敎山 : 수원의 북쪽에 있는 鎭山으로 彰聖寺를 비롯 89암자가 있었다
는 藏風得水의 명산이다. 원래 光嶽山이었는데 이 산에서 광채가 하늘로 솟아
오르는 광경을 본 고려 태조 왕건에 의해 광교산으로 바뀌었다고 한다. '광교
산'은 '부처의 가르침을 주는 산'이라는 뜻이다.
* 무상존 : 부처의 높임말.

광교산 가는 길

광교수변로 따라가면
원근법으로 다가오는
3월을 만난다.

멀리서 보면
더욱 선연한
나무들의 체온이여

과수원 길
보리밭 둔덕에
햇살이 쌓이고

문암골
느티나무
봄빛이 완연하다.

그리운 사람 만날 수 있을까,
가슴 설레며
광교산 가는 길
〈

시루봉, 형제봉, 종루봉
산정에서
세월이 미소 짓고

골짜기 푸른 물소리
숲속 새소리, 산수유꽃, 진달래가
어서 오라고 손짓하는데

하늘 품은
광교호 둘레길
벚꽃나무 사이로

수원여객 13번 버스가
광교산
봄소식 싣고 돌아간다.

광교수변로

종루봉 시루봉 형제봉 산빛 숲빛 푸르르고
물푸레 상수리 신갈나무 순연록 새잎들이
눈짓 곱게 꽃잎인 양 호심에서 하늘거린다

찔레꽃 하얀 향기, 즐거이 지저귀는 산새들
물새들이 은빛 물결 가르며 날아 오르는데
절벽에 피어 있는 진달래 아늑한 몸짓이여

피안인가 저 건너 둘레길 꽃잎 향기 쌓이고
수수백년 인륜 천륜 일깨운 문암골 느티나무
모수길 따라가면 그 옛날 수원 역사 펼쳐진다

사람들은 보고 싶은 얼굴이 얼마나 많길래
뜨고 지고 다시 솟아오르는 해처럼 달처럼
가을 봄 여름 겨울 영혼 밝히며 기다리는가

팔색길 구름다리 건너 숲모롱 지나 오시려나
삼백예순 날 생각나지 않는 날 하루도 없느니
그리운 이 만나기 위하여 광교수변로 걷는다.

까치들이 詩를 읽다

과연 八達晴風이다
詩의 향기, 신록의 향기를 찾아서
수원문학아카데미 회원들이
숲 속 시 낭송회를 연 날
팔달산 바람소리가 管絃이었다

황영이 조영실 정인성 신동심 공예지 김진성
박남례 김도희 이혜준 허정예 시인이 낭송을 하면
신록 사이로 퍼져가는 싱그러운 詩語들,
팔달산 까치들이 먼저 읽고
소나무 가지에 앉아 귀를 열었다

신선놀음이 따로 없다,
임애월 시인이 '아, 수원 화성'을 낭송할 때
서장대에서 고개를 끄덕이시는
정조임금님이 보였다.
진초록 시의 향기가 팔달산을 적셨다.

* 2015년 5월 13일 수원 팔달산 화성 서장대 아래 숲속에서 수원문학아카
데미 회원들이 시 낭송회 '詩의 향기, 신록의 향기를 찾아서'를 열었다.
  '팔달청풍'은 '수원팔경' 중의 한 곳.

팔달산 1

때로는 고향도 외로워지는 날
팔달을 찾으면
부모의 품속 같은 山心

가슴 속 어둠을 씻어주는
맑은 바람,
계곡을 흐르는 온갖 새 소리,
나무, 나뭇가지 사이로
하늘을 보면
시름이 구름처럼 흘러간다

산정에서 그리하여
끝없이 퍼져 가는
싱그러워진 의식들

아카시아 꽃 숲 마을
매향동 유년시절을 바라볼 때
산이 어깨를 두드리며
평생 수원에서 살란다
〈

때로는 어쩌다
고향도 외로워지는 날 바라보면
조용히 손짓하는 팔달.
푸르게 산기슭에서
나무처럼 푸르게 살라고 한다.

* 八達山 : 수원 시가지의 중심에 있는 主山으로 원래 이름은 塔山.

팔달산 2

高麗적 하늘이 보인다, 팔달산 정상에 오르면
낙락장송으로 오늘도 푸른 忘川 李皐의 영혼,
들려오는 晴風소리, '착하게 살라'는 말씀이다.

거룩하다, 팔달산 능선 따라 높아지는 화성성곽
바다처럼 평안하고 강물처럼 항상 맑게 하소서
서장대 친히 올라 천군만마 호령하는 성군이여

창룡, 화서, 팔달, 장안 사대문 깃발 펄럭인다
화성을 지켜주소서, 백성에게 태평을 주옵소서
정조대왕 축원 모신 城神祠 품에 안은 팔달산!

산정 아래 수천만 리 동서남북 미래가 펼쳐진다
융릉 신읍치 반 오백년 역사 산천으로 유구한데
보이나니 천만 억 년 융성하는 聖都여, 수원이여

봄, 광교산

광교산 계곡 숲길 걸으면 들린다, 꿈결처럼
바위들 숨소리, 시루봉 내려오는 바람소리
나무들이 가슴 열고 합창하는 봄맞이 노래

상광교 하광교 예서제서 손짓하는 새순이여
하도 반가워 눈길을 한 곳에 멈출 수 없구나
문암골 언덕에 꽃인 듯 피어오르는 아지랑이

무심천 따라 흐르는 따스한 햇살이 눈부신데
새처럼 푸르게 날아오르는 저 아늑한 그리움
바야흐로 펼쳐지는 수원의 신록이 눈물겹다.

백학이 詩興에 취하시다

詩와 사진전 아름다운
만석공원
호반 길,
시혼의 꽃
활짝 피었다.

청솔 푸른 香
희고 붉은 연꽃
호심에서 손짓하고

詩興에 심취하신 백학
섬에서
오수를 즐긴다.

호반 길 걷는 사람들
詩와 사진 앞에서
걸음 오래 멈추고

아이들이
詩句를

옮겨 적는다.

비둘기, 까치들도
호반에서
떠나지 않는데

호숫가
수양버들에 앉아서
詩와 사진 감상하는
작은 새들,
눈빛이 맑다.

* 2009년 9월 19일부터 26일까지 한국경기시인협회가 수원팔경의 한 곳인
만석공원 호반에서 '2009년 가을 詩와 사진전'을 열었다.

만석호 저녁 풍경

초여름 만석호, 고요한 물결에 시나브로 내리는 저녁
수원 詩낭송가협회 시인들이 호반에서 자작시를 읊는데
시심 읽었는가 푸른 갈대들이 고개 끄덕이며 바라보네

잉어들이 펄떡 펄떡 여기저기 물속에서 뛰어오르고
뜸부기, 오리새끼들이 어미 따라 자맥질하는 만석호
활보하는 나무처럼 호반길 걷는 사람들 얼굴 참 밝다

北池賞蓮 花心 가꾸는 연잎마다 맺힌 물방울 숨소리
시흥에 취한 백학 한 쌍 저쪽 섬에서 명상에 잠겼는데
행복한 세상 문 열어주는 '아름다운 날 시낭송회'여.

가을 광교산

숲 속으로 갈수록
광교산은
더욱 눈부시다.

도대체 어쩌려고
나무들은
저리 붉게
가슴을 태우고 있는가.

山心을 적시며
흐르는
계곡 물

사람들 가슴도
순홍으로
물들었는데

가을 광교산에서는
세월도
갈 길을 잃는다.

바람이
온 산에
빛 고운 물감을 뿌리며 다닌다.

산새들이 동시를 쓰네

어린이 백일장 열린
광교산 숲속에서
아이들이 글을 짓는다

'나무'
'광교산'
'나비'
글제가 싱그럽다

원고지에 정성 들여
나무를 심고 가꾸는
아이들

광교산 바람,
풀꽃 향기,
물 흐르는 소리도 그린다

노랑나비 하양나비
호랑나비
원고지 위에서 춤추고

〈

엄마, 아빠들은
글 쓰는 아이들이 부러워
얼굴 붉히는데

산새들이
나뭇가지에 앉아서
재재거린다

아이들과
함께
동시를 쓰고 소리내어 읽는다.

※ 한국경기시인협회가 2009년 5월 23일 광교산에서 '자연사랑 경기도 어린이 숲 속 백일장'을 개최하였다.

솔새

광교산 숲속
청솔가지에 옹기종기 마주 앉아
노래하는 솔새들이
나를 불러 놓고
같이 놀잔다

녹색 깃
솔새,

솔방울만한
솔새,

눈빛 해맑은
솔새,

쨱쨱
쨱재글
쨱재글

점심도 안 먹고

〈
짹잭잭
짹짹
짹재글,

이야기 끝이 없는데

가지 말라며
자꾸 따라오는
솔새

아, 솔새 목소리에서
갓 난 솔잎 향기
솔솔 난다.

5부

조원동 1

수원시 장안구 조원동 861번지
조원 뉴타운 215동 1502호
그야말로 뉴 아파트에 살면서
자잘한 思惟가 많아졌다

옛날엔 대추나무가 많았던 대추나무골,
지금도 대추나무들이 제법 있는
棗園洞에 아파트 단지가 들어섰지만
아침에 청량한 까치소리 들린다

211동 213동 사이로 먼동이 트고
광교산 숲 나무들이 일어서는 모습 보인다
밤 깊으면 15층 작은 서재로 달빛도 찾아와
마주 앉아 이런 저런 세상사 정담 나눈다

가난이 괴로워 한 때는 세상을 원망했다
근심 많은 내자 뒤에서 눈물도 흘렸지만
딸 넷, 아들 하나, 아름답고 튼튼하거니
이제는 바람처럼, 강물처럼 흐를란다

매향동 남수동 연무동 우만동시절
다시 연무동에 살면서 시련도 많았었다
지나 온 세월은 슬픔도 추억이 된다는데
사람들아 찾아오소, 대추술이 좋이 익었다.

조원동 2

꿈속인가,
미명에
장닭소리
전설처럼 들려온다

새벽 4시 반 쯤
마을 곳 곳 밝혀주는
청련사
예불 종소리

아파트 15층
창변에서 듣는
대추나무골
아, 뻐꾸기 소리

나무의 마음처럼
오늘은 예감이
맑다.

조원동 3

출근 길
어린이공원 지날 때
새들의
인사를 받으면
귀가 즐겁다

이 나무로 저 나무로
날아다니는
새들의
숨바꼭질 보면
눈이 즐겁다

조원동 새들은
조원초등학교
1학년 아이들처럼
조잘거린다

대추나무 가지에 앉아서
재재거리는
조원동 새들을 만나면
나도 새가 되고 싶다

출근하지 말고
나무들이랑 어울려
종일 새들과 놀고 싶다.

조원동 4

소나기 온 뒤
광교산 위 하늘에
무지개 떴다

산책로 옆 풀잎마다
명아주 잎에도
빗방울 맺혔다

대추나무에서
대추들이
호호호 웃고 있다

소나기 온 뒤
새들이
훨씬 예뻐졌다

놀러 나온
아이들이
나무처럼 푸르러졌다.

조원동 5

누가 대추나무골 아니랄까?
조원초등학교 근처는
가로수를 대추나무로 심었다

단독 주택들 담장 너머
정원에서도 대추나무들이
사람들에게 인사한다

원룸, 상가들이 들어서지만
상추 쑥갓 아욱 열무 옥수수
텃밭에서 고추가 자라는 동네

감나무 아래 토박이집 울타리 옆
호박 오이 강낭콩 완두콩 넝쿨이
조원동을 싱그럽게 가꾼다

가을이 오면 대추들이
붉게 붉게 익을 테지
비바람 불어 떨어지면 맛을 봐야지

아침마다 그 집 앞 지나가면
얼굴 익혔는지 짖지 않는 강아지,
고향처럼 조원동이 나날이 구수해진다.

조원 뉴타운 엽서 1

비 오는 날 저녁 무렵이면 맹꽁이들이 유별나게 맹꽁 맹꽁 합니다. 논밭이 없어졌는데 개구리들도 따라서 개골 개골 그럽니다. 한 십년 전 아파트단지로 변했지만 옛날 마을 이름 그대로 대추나무 골입니다. 아파트 사이사이 작은 공원이 있지만, 텃밭은 여기 저기 조금 남아 있지만 도대체 맹꽁이, 개구리들이 어디서 살고 있는지 신기합니다. 느티나무, 밤나무, 상수리나무 가지에서 까치들이 깍 깍 까악, 참새들이 쨱 쨱 쨱 까불어대는 조원(棗園) 뉴타 운 아침나절엔 광교산에서 내려오는 뻐꾸기가 정겹습니다. 한 밤 중 소쩍새도 이따금 찾아옵니다. 상추밭, 아욱 밭, 열무 밭 근처에 지렁이도 살고 있습니다. 날마다 맹꽁 이들이 개구리들이 울어댔으면, 아니지요 합창을 했으면 좋겠습니다. 귀여운 고놈의 맹꽁이, 개구리 모습이 눈앞 에 삼삼한데 목소리만 보여 줍니다. 맹꽁이, 개구리가 옛 날을 부르는 조원 뉴타운엔 흙이 살아 있습니다. 흙 내음 향기롭습니다.

조원 뉴타운 엽서 2

오늘 아침 출근길에서 만난 대추나무 잎들이 제법 자랐습니다. 어제보다 한결 예뻐졌습니다. 오동나무 꽃이 하얗습니다. 새들이 놀러 왔는지 오동나무가 춤을 춥니다. 나뭇가지 사이로 초록 음표가 뚝뚝 떨어집니다. 아파트에서 경기일보까지 걸어서 한 십오 분이면 넉넉한데 요즘은 보통 삼십분 걸립니다. 신문사까지 가는 동안 풀, 꽃, 나무, 새들이 자꾸 아는 체 해 차마 그냥 갈 수 없습니다. 어떤 날은 까치들이 길에서 깡충거리며 못 가게 합니다. 개미들이 분주히 지나가면 또 기다려야 합니다. 오늘 아침엔 민들레꽃, 망초꽃과 얘기 했습니다. 토끼풀들이 저쪽에서 두 귀를 쫑긋 세우고 있습니다. 가끔 출근 시간이 늦어지긴 하지만 조원동 뉴타운 아침이 상쾌합니다. 요즘은 밤꽃 향기기 한창입니다.

조원 뉴타운 엽서 3

아파트 타운 텃밭 둑에서 메꽃들이 줄기를 뻗어갑니다. 역시 대추나무 골입니다. 질경이들도 꽃을 피웠습니다. 명아주들의 얼굴에서 이슬방울이 구르고, 나팔꽃들이 아침을 알렸는데도 풀섶에서 잠자리들이 잠을 잡니다. 조원초등학교 옆길에선 벌써 코스모스들이 연분홍, 진분홍, 순백의 미소를 머금고 인사를 합니다. 조원 뉴타운에도 자귀나무가 있습니다. 개심사에서 다니러 왔나 봅니다. 후박나무 그늘에서 신랑풀 각시풀이 마주 바라보며 웃고 있는데 실바람이 볼을 간질이고 지나갑니다. 아무래도 밤하늘의 별들이 아침이면 지상으로 내려와서 꽃이 되나 봅니다. 별들처럼 반짝이는 꽃들이 내 가슴 들녘에도 가득합니다. 은하수처럼 흐르는 망초꽃물결, 다른 꽃들은 이름을 잘 모르겠습니다. 조원 뉴타운 주위의 꽃들에게 예쁜 이름을 하나씩 지어주고 싶습니다.

조원 뉴타운 아침 한 때

새벽 네 시 반쯤
인근 청련암
새벽 예불 종소리 들려온다
가슴이 서서히 밝아온다

때 맞춰 15층 아파트 문 앞으로
아침 신문 배달되는
경쾌한 소리 쌓인다
누군진 모르지만 고맙다

강아지를 앞세우고 산책을 나간다
주위가 환해지면서
나무들의 얼굴이 한층 맑아진다

목련 아래 벤치에 앉아
하늘을 바라본다 유난히 푸르다
어제, 그제 만난 까치들이 인사를 한다
강아지도 마주보며 짖는다

이름이 뭐더라? 작은 새들이
이 나무 저 나무를 오가며
쬐그만 계집애들처럼 재재거린다

낮은 담장 올라가며
나팔꽃들이 일제히 피어난다
눈부신 예감처럼 하루가 열린다.

아침 산책

나무들이 반겨주는
새벽 숲길
걸으면

가슴 속에 스며드는
광교산
초록 향기

어인 일인가
오늘은
세월빛도 푸르르다

앞서가는 산까치,
따라오는
뻐꾸기

모습은
숲속에 들었는가
소리만 보이는데

청솔 사이
햇살처럼
눈부신
하루가 열린다.

사랑노래 4

아침 일찍 걸어서 출근하면 기분이 좋다. 조원 뉴타운 215동을 나서면 까치들이 따라오며 배웅을 한다. 이름은 잘 모르지만 낯익은 작은 새들이 나뭇가지에 앉아서 재재거리며 아는 체 한다. 비둘기들은 어제처럼 숫제 길을 막고 같이 놀잔다. 해맑은 풀잎마다 초롱초롱 맺힌 이슬 ! 조원초등학교 울타리 안에서 코스모스들이 살포시 웃는다. 세상이 아름다운 이야기를 알겠다. 하늘이 맑다.

사랑노래 5

긴 머릿결 날리며 내 옆을 스쳐 뛰어가는 처녀의 뒷모습이 참 싱그럽다. 머리 감은 샴푸냄새가 향긋하게 밀려온다. 백마가 제주도 초원을 달리는 것처럼 멋있다. 한일타운 아파트 공원 숲길에서 벌써 몇 번째 만났다. 오늘은 청바지에 하얀 티셔츠를 입었다. 큰 핸드빽 흔들며 뛰어가는 하이힐 굽 소리가 왈츠 음률보다 경쾌하다. 문득 출근 준비하며 콧노래 부르는 막내딸이 생각난다. 상쾌한 아침이다.

사랑노래 8

　하니는 詩的이다. 이른 새벽 산책을 나서면 나무 사이 길로 앞서 걸어간다. 가끔 뒤를 돌아보며 얼른 따라오라고 꼬리를 흔든다. 살랑대는 꼬리가 영낙없는 박용래 선생의 '강아지풀'이다. 내가 벤치에 앉으면 저도 옆에 따라서 앉는다. 앉아서 청량한 풀벌레 소리를 바라보며 보드랍게 미소 짓는다. 나도 두 귀 좀 열라고 눈짓한다. 까치들과는 언제 사귀었는지 서로 인사를 나눈다. 나팔꽃들이 일제히 뚜뚜뚜 아침을 알린다. 하니는 나보다 더 싯적이다.

* 하니 : 10년 넘게 함께 사는 애완견 이름.

사랑노래 10

경기일보사 입구 인도 변에서 오늘도 아주머니가 채소를 팔고 계신다. 감자 고구마 풋고추 상추 오이 가지 비름나물 호박 깻잎 없는 게 없다. 며칠 전부턴 햇콩도 보인다. 오며 가며 아주머니를 바라보면 괜히 즐겁다. 며느리나 사위를 맞이했을 연세인데 얼굴이 아주 맑다. 환하다. 어쩌다 웃는 모습을 보면 하얀 치아가 예쁘다. 2, 3월엔 앉은 자리 둘레에 봄 내음 향긋이 깔아 놓으시더니 요즘은 들녘 가을 햇살을 도심에 뿌려 주신다. 아주머니가 고맙다.

텃밭

광교산 뻐꾸기소리 들리는 조원 뉴타운
215동 1·2라인 안주인들은 모두 詩的이다
채송화 접시꽃 목련 호박꽃 백일홍 분꽃

18층까지 각 집마다 예쁜 닉네임 붙이고
이름 대신 꽃 이름 향기롭게 서로 부르며
1502호는 '텃밭'으로 이름 지어 주었단다

아파트 근처 빈 터 찾아서 씨앗을 심는
아내의 애칭으로는 아주 그럴 듯하지만
그래도 그렇지 틈만 나면 텃밭으로 간다

유기농이 따로 없다 손길 모아 가꾼 채소
함께 나눠 먹으며 한 가족처럼 살고 있는
대추꽃 피고 지고 열매 붉게 익는 마을

논농사 밭농사 짓던 고향마을 잊지 못하고
상추 열무 오이 철 따라 텃밭에서 가져오는
도시 속 시골여자, 아내는 손결이 거칠다.

棗園 散調
– 꽃들이 사람에게

산기슭 솔숲촙이 사시장철 싱그럽다

뻐꾸기 까치 장닭 소리도 정겨운데

나무들이 꽃들이 사람에게 인사한다

棗園 散調
– 뜨란채 세탁소

조원 마을 사람들
가슴도 청결케 한다

폐암도 이겨낸 주인아저씨의 세탁 기술

시름을
펴주듯이
다리미질 솜씨도 제일이다

棗園 散調
– 안경하우스

참 별일이네, 여기에 들어서면
흐렸던 마음 화안히 밝아진다

새로 골라준 렌즈 너머 세상
어찌 이리도 선명하여지는가

지나 온 세월, 몇 년 후 내일
사람 영혼도 보이는 듯싶다

棗園 散調
– 예쁜 수선집

큰 옷은
알맞게 줄여주고
작은 옷도 멋있게 늘려준다

혹 헝클어진 마음도 한 군데로 모아주실 수 있을까

다소곳이
재봉질하시는
주인의 옆모습도 예쁘다.

棗園 散調
– 조원 어린이공원

"무궁화 무궁화 우리나라꽃
삼천리 강산에 우리나라꽃
피었네 피었네 우리나라꽃"

아이들 여럿이서 합창을 하는데

짹 짹 짹
참새들이 따라 부른다

"삼천리 강산에 우리나라꽃
무궁화 무궁화 우리나라꽃
삼천리 강산에 우리나라꽃"

노래하는 아이들 신바람 났는데

호 호 호
코스모스들이 박수를 친다

"동무들아 오너라 서로들 손잡고
노래하며 춤추며 놀아보자

낮에는 해 동무, 밤에는 달 동무
우리들은 즐거운 노래동무"

반달무대에서 동요잔치 열렸는데

나비들이
꽃잎에 앉아 노래를 듣는다.

조원동 이야기

옛날에는 대추나무골
수원시 조원동에 살고 있어
그날 채비하며 여생을 지낼 만하다

황록색 대추나무꽃 피고 지고
주렁주렁 붉은 열매 열리면
사람들이 마음대로 주워가는 마을

지척에 숲 울울창창한 광교산
청솔향기, 맑은 산소 보내주고
이따금 뻐꾸기 소리 가슴을 적시는데

솔나무 산벚 감나무 매화 산수유
적단풍 무궁화 장미꽃 목백일홍
없는 나무가 없는 '산내음길' 걸으면

서로 먼저 인사하는 낯익은 미소들
풀, 꽃, 나무들이 반갑게 손 내밀고
새들도 따라서 맑게 재재거린다
〈

때로는 이웃 사람들 평상에 모여 앉아
도란 도란 세상 이야기 나누고
덕담 주고 받는 조원 뉴타운아파트

해 지면 아늑하여 더욱 평화로워라
날 밝아 가슴에 품는 아침 싱그러워라
봄 여름 가을 겨울 언제나 따사로워라

지금 살고 있는 마을이 고향 아닌가
인심처럼 잘 익은 대추 나눠 먹는 조원동
그날 떠난 뒤 다시 돌아와 살고 싶다.

* 산내음길 : 조원 뉴타운 2단지 아파트 둘레에 조성돼 있는 1,050m의 산
책길. 광교산 가는 길목에 있다.

6부

수원귀신

2013년 8월 19일
수원 광교산 기슭으로
시인 高銀 선생이 이사 오셨다

안성 생활 30년 끝내고
8월 29일 연무동 주민센터에
전입신고를 마친 대시인, 가라사대
"이제 나는 수원귀신"이라며 시루떡을 돌렸다

원래 '수원귀신 임병호'는
소싯적부터 광교산을 가슴에 품고
이승 저승 오가며 살고 있는데
수원귀신 한 분이 더 늘었다

불심 깊은 광교산 피안 길 숲속에서
이따금 수원귀신 둘이 술을 마실 것 같아
수원 산천초목이 귀문(耳門)을 크게 열었다.

이 세상이 참으로 아름답다

보아라 태초에 하늘이 열리듯이
오늘 아침 새로운 동녘에서
새 천년 새 역사가 떠오른다

어제보다 더욱 눈부신 햇살
겨울나무들이 푸르게 환호하고
산맥이, 바위들이 힘차게 일어선다

강물은 다시 도도히 흐르고
바람과 속삭이는 들풀,
바다의 파도소리 도심까지 적신다

얼마나 추운 겨울밤이었는가
이제는 어둠이여 떠나가라
서러움도 모두 모두 물러가라

사람들은 따스하게 가슴 열어 놓고
서로서로 어깨 두드려주며
눈맞춤하면서 사랑을 이야기하라
〈

구름처럼 흘러간 그래도 유정한 세월
이따금 걸어온 길 뒤돌아보면
뉘우침도 눈물도 추억은 아름다워라

꿈꾸는 이들은 날마다 행복하느니
은총으로 안겨오는 찬란한 예감
오늘 따라 세상이 참으로 싱그럽다

마주보며 미소 짓는 아아 산천초목,
비로소 어깨를 펴고 활보하는 사람들
보아라 이 땅을 찾아오는 저 봄을 보아라.

만석거 백련 홍련

광교산 옥수 휘돌아 흐르는 서호천 막아 이룬 萬夕渠
北池에도 수원 백성 농자천하지대본 어심 넘치는데
백련 홍련 사이에서 짝지어 노니는 원앙새 고운 자태

수원유수·경기관찰사 거북형 관인 주고받던 진목정
교구정으로 불러 화성 사랑 거룩한 뜻 높게 기리고
만백성 뜻대로 되거라 진목정교, 여의교로 바꾸었네

부왕 명복 위해 용주사 봉불기복게 지어 올리시고
불설대 부모은중경 각판하신 성군의 그 지성지효
지지대 넘은 길가 만석거에 연꽃 심으신 뜻 아는가

대유둔, 북둔 들녘에서 만석 풍년 구가하던 만석거
진목정, 교구정, 영화정으로 세월 따라 바뀌었지만
北池賞蓮 향기, 그 효심 천만년 흘러도 변함없어라.

달밤, 방화수류정에서 셋이 술을 마시다

가을 보름밤
방화수류정
난간에서
술잔을 기울이는데
기다리는 사람은 오지 않고
달빛이 찾아오네

절벽 아래
용지 호심에도
달빛 고요해
방화수류정 난간에 기대어
혼자 술을 마시네

月下獨酌이 더 좋으신가,
기다려도 오시지 않는
李白 詩仙님

어쩌겠나, 월야추풍 불러 앉혀
달빛과 셋이서
권커니 잣거니 술병을 비웠네.

풍경, 화홍문 근처

물 고을
무지개마을
화홍문 돌다리 길

일곱
수문으로
광교천 흐르는데

화홍관창
폭포
물보라

햇살과 눈 맞춰
일곱 빛깔
무지개로 피어나네

동 서 남 북
볼수록
산자수명한데
〈

능수버들가지 사이로 보이는
무지갯빛
새소리

언덕 위
방화수류정에서
백화천조 손짓하고

꽃향 따라
매향천
남수문으로 흘러가네.

그 시절 같다, 노송지대

청청하구나
시오리 길
낙락장송

사도세자
통한
발길 앞에 펼쳐지고

능행차 백리길
오고 가신
아드님 발자취도 선연하다

여의교 지나면
어서 가라,
재촉하시는 옥음도 들린다

눈물 젖은 현륭원
뒤돌아보는
환궁길
〈

지지대 이르러 더디 가라,
분부하신 그 말씀,
들꽃으로 피었는데

어가행렬 옆에서
고개 숙인
소나무들이여

모진 풍상
겪었어도
그 효심 어찌 잊으랴

오늘도
아드님 발자취 그리워
행차길 지킨다.

나날이 푸르거라
- '경기예총 40년사' 편찬 축시

나무는 연륜이 깊을수록 청청하다
거대한 뿌리
힘차게
지심으로 뻗어 내린다

예혼의 빛으로
세상 밝히는
순결한 心象이여

눈부신
아침 햇살이다
태양처럼 작열한다

산천을 품에 안은 달빛이다
봄비처럼 초목을 적시고
신록의 향기로
천지를 싱그럽게 물들인다

영혼을 창조하는

뜨거운 가슴
京畿 예인들이여

사랑하라, 사람을
대지에 소망을 심는 농부처럼
바다에서 꿈을 건져 올리는 어부처럼
땀 흘려 금맥을 찾는 광부처럼
삼라만상을 사랑하라

서로 위하며
함께 걸어 온 길
40년 세월!

돌아보면 발자취 찬연하다
더욱 드높게 비상할 내일이여
날마다 새롭거라, 나날이 푸르거라

이 밝고 눈부신 아침처럼

오늘 아침 햇살은 참으로 눈부시다
산천초목은 어제보다 더욱 신비롭고
수 천길 수맥에서 샘솟는 물소리
대지를 적시는 강물이 도도히 흘러 오는데
나뭇가지의 백설을 목련처럼 뿌리며
까치들이 일제히 날아 오른다

이 밝고 새로운 역사 앞에서
그리운 얼굴들이 가슴을 밝혀주고
부를수록 정겨운 이름들,
이제는 모두를 사랑하리라
이웃과 더불어 살리라
마음을 활짝 열어 놓은 새해 아침
운무를 헤치며 산맥들이 파도처럼 일어선다

온 가족이 둘러 앉아
실한 종자들을 고른 농부들은
다시 농기구를 꺼내 손질한다
어부들은 만선의 꿈을 싣고
벌써 새벽 포구를 떠났다

출렁이는 바다가 길을 열어주고
순풍은 깃발을 어루만진다

아내와 자식들을 위하여 흘리는
사나이들의 빛나는 땀방울을 위대하다
광맥을 찾아 오늘도 힘차게 광부들은
갱도를 지나 막장에 들어선다

사람이 어찌 사람을 미워할 수 있으랴
왁자지껄한 저잣거리에서
하루가 푸르게 열린다
새 아침 밝은 새 도시 거리마다
오고 가는 사람들의 미소, 그 눈빛이 따뜻하고
가로수들은 고개 숙여 인사한다

밝게 살리라 먼저 양보하며
나눠주며 함께 살리라
무엇보다 모두에게 축복이 가득하라
아, 밝고 눈부신 새 아침
사람들이 가장 아름다워 참으로 행복하다.

다시 느티나무 둘레에서
– 수원여고를 졸업한 두 딸을 생각하며

"너의 학교는
하버드며 캠브리지보다
훨씬 名門 같구나"
아버지가 십 수 년 전 쓴 '느티나무'
詩句가 오늘 다시 떠오른다.

학창시절의 明鏡止水, 가슴 속에 간직하고
신록처럼 향기롭게 언제나
부모 마음 훈훈히 채워주더니
한 남자의 아내가 되어 엄마가 되어
자식들 앞길 열어주는 너의 삶이 참으로 보기에 좋다

"모교는 너를 믿노라"
교문에 들어서면 어깨를 두드려 주시던
그 말씀 들리느냐,
너희 몸과 마음 비춰주던 그 맑은 거울
사시사철 푸른 느티나무 생각나느냐

그렇다, 수원여자고등학교 느티나무는

어제도 오늘도 내일에도
운동장 달리던 너희 청춘을 기억한다
성적 떨어져 꾸중 듣고도 깔깔거리던
고운 꿈 교실에 가득 채우던 너희를 잊지 않는다

슬픔도 추억은 아름답다 하거늘
너희 학창 시절은 '청포도'처럼 싱그러웠다
다시 느티나무 둘레에 옛날처럼 한데 모여
하버드며 캠브리지보다 유명한 역사를 자랑하라
우리 사회 따뜻하게 밝혀온 同門들의 이야기
깊은 강물 같은 인생을 노래하라

목련꽃 산수유꽃 개나리꽃 누리에 가득한데
수업 마치고 뛰어오던 너희처럼
청솔 숲에서 오늘 새소리가 굴러 나온다
너희를 기다리는 느티나무가 빙그레 웃는다.

수원별곡

고향
하늘에서
뜨고 지는
해와 달은
가장 아름답다.

맨 처음
해와 달
우러러 본
고향.

아, 고향의
산천초목은
삼라만상 중에서
가장
푸르고 푸르다.

꿈 속에서도
꽃 피고
새들 지저귀는
고향,
나의 영토여.

수원찬가

– 수원시 승격 60주년 축시

Happy Suwon! 해피 수원!
수원에 살고 있어 오늘 행복하다

일찍이 한반도 畿甸 땅
팔달산 아래 백성들이 모여
빛나는 터전 일구며 살아왔다

사랑하며 땀 흘려 일하며
착한 사람들, 따뜻한 사람들이
오순두순 인정의 꽃 피웠다

수원사람들
가슴에 품은 광교산,
물 맑고 산 깊어
온갖 시련 막아 준다

약속의 땅, 희망의 땅
흙향기 그윽한 들녘으로
수원천 푸르게 흐르는데
〈

임의 어진 목소리
숨결 사무치는 노송지대
천년 학이 날아든다

눈물난다
아, 거룩하다
조상의 얼 화성이여

동 서 남 북
뻗어가는
수원의 뜨거운 맥이여

세상천지
어느 곳이
여기 수원에 비하랴

市 승격 60주년!
그 역사 찬란하다
더불어 사는 오늘이여
오색 꿈 손짓하는 미래여

아침마다 태양
나날이 눈부시다
새롭다

거리 가득 넘치는
시민들의 미소, 환희여

마주치는 얼굴들
가로수들이
어제보다 반갑다, 싱그럽다

얼마나 신명나는가
고향을 노래하는 詩와 음악
장엄하게 흥겹게 울려 퍼지고
손에 손 잡고 어울어져 춤을 추는데

산천초목에도 서린 효심
수원사람
삶의 길 밝혀준다

보아라, 천 년 만 년 하늘이 열린다
세월도 머물다 가는 낙원에서
대대로 자자손손 살리라

오, 해피 수원! 해피 수원!
오늘 수원에 살고 있어 행복하다.

천년, 만년 미래를 향하여
– 경기일보 창간 20주년 축시

청솔처럼 그 기상 누 억년 푸르게 푸르게
사시장철 언제나 靑竹처럼 그 이념 올곧기 위하여
수원 松竹의 대지에 거대한 뿌리 내렸다
힘차게 펄럭이는 깃발, 蒼天 드높이 올렸다

20년 세월, 서러운 사람들의 눈물 씻어 주었다
삶에 지친 사람들 두 손 잡아끌었다
어둠 속 사람들의 등불이 되었다
목마른 사람들의 샘물로 솟았다

보아라, 날마다 희망을 안겨주는 아침
신문 가득 활자들의 숨결이 생동하고
맥박 요동치는 행간 행간 가득 넘쳐나는
정의 ! 사랑 ! 뜨거운 삶이여 !

천둥, 번개, 벼락을 여기에 비하랴
일월을 밝히는 고고한 정론직필로
타락하는 권력, 민심 저버리는 불의.
준엄하게 꾸짖었다 응징했다

밤을 낮 삼아 일하는 사람을 위하여

가난한 사람, 외로운 사람을 위하여
시대의 가슴 기름지게 적시며
깊은 강물로 맑게 흘러 온 세월 !

일인을 위하여 만인을 위하여
사람들의 눈, 귀, 입으로 살았다
손발이었다 심장이었다 영혼이었다
돌아보면 그 발자취 숙연하다

그렇다 ! 경기일보 20년 역사는
새벽을 알린 종소리다 북소리다
1년 365일 천지를 울린 신문고다
횃불이다 불멸의 주춧돌이다
후대를 이어주는 창조의 금자탑이다

민주를 위하여, 자유를 위하여
인류를 위하여, 행복을 위하여
지축을 흔들며 기적을 울리며
천년, 만년 미래를 향하여 달려가는 오늘

태양이 더욱 붉게 세상을 품었다
산천초목이 환호하며 일어섰다

산맥이 출렁거린다 바다가 노래 부른다
선지자의 예언처럼 천년학이 날아오고
아, 영생의 경기일보가 눈부시게 비상한다.

광교산에 올라

간밤에 천연색 꿈을 꾸었다
백설 쌓인 겨울 숲의 나무들이
초록빛 옷을 입는 꿈이었다.
지저귀는 산새들의 맑은 목소리
나무들이 수런거리는 이야기도 들었다

새벽에 잠 깨어 일어났다
꿈 속에서와 똑 같이 창 밖에서
까치들이 부르고 있었다
꿈 속의 나무들처럼
초록빛 등산복을 입고
집을 나섰다 광교산으로 향했다

山門을 열고 저만치 앞서 가는
등산인들의 뒷 모습이
한 없이 정겨웠다
반갑습니다 반갑습니다
광교산의 나무들이 가지를 뻗어
악수를 청해 왔다
푸드득 푸드득 산새들이 날았다

백설이 꽃잎처럼 쏟아졌다

광교산 정상에 올랐다
여명 속의 수원시가지
경기도, 한반도가, 온 세계가
미래가 한눈에 보였다
먼저 온 사람들이
하늘로 함성을 보냈다
나는 비상하는 천마처럼 울었다

어느새 햇빛이 온 누리에 와 있었다
초목들은 사유를 헤치고 일어서고
바위들도 빙그레 웃고 있었다
봄을 기다리는 겨울 새벽
산천초목이 이렇게 싱그러울 줄이야
동녘 하늘에 새해가 떠오르고
아름답게 열리는 오늘
내일이 천연색으로 펼쳐지고 있었다.

봄날을 위하여

冬至 흘러간 겨울강가에서 바라보면
산간마을 나무들 눈빛이 따스하다
풀뿌리 적시는 연록색 물소리 들린다

하루하루 낮이 길어지면서
보리들이 푸르게 얼굴을 들고
냉이 씀바귀 달래들은 귀엣말은 나눈다

숲속을 나온 작은 멧새들
여기로 저기로 나비처럼 날며
은방울 흔든다, 콧노래 부른다

농부는 식솔들과 도란도란
잘 생긴 씨앗들을 고르며
흙이 살찌는 내일을 가슴에 품는다

小寒, 大寒 강 건너에 있지만
언 땅 속에서도 새싹들이 움트듯
새 생명들이 산천초목에서 꿈틀거린다
〈

추억을 남기고 떠나가는 세월 곁에서
의식의 영혼 청청히 일깨워준
유정한 겨울이여, 고맙다

한때 北塞風으로 시름 깊었으나
봄날의 부활을 위하여
뒤돌아서서 붉은 눈물 씻었다

설원 맨 처음 걸어 온 발자국 돌아보면
오늘 출발이 더욱 새롭다, 경건하다
잉태한 꿈 탄생을 위하여 가는 길이 아름답다

긴 어둠 끝에서 뜨겁게 떠오른 새해 아침
황소 앞세우고 들녘으로 나가는 농부의 발걸음
힘차다. 바람도 싱그럽다. 까치들이 따라간다.

겨울 나혜석 거리

가을이 떠난 자리, 낙엽 위에
오늘 저녁 초설이 내리는데
우리는 나혜석 거리 주점에서
술잔 가득 그리움을 채워 사유를 마신다

행복했던 여자, 화려했던 여자,
당당했던 여자, 고독했던 여자,
나혜석의 생애를 이야기하며
취하지 않는 술을 마신다

하얀 나비들처럼 눈발은
주점 창문 밖을 날고 있는데
밤 깊어가는 거리에 銅像으로 서서
누구를 기다리고 있는가, 나혜석!

고독했으나 외로워하지 않았다
절망하지 않았다 쉰두 해 세월
화가로 시인으로 소설가로
뜨거운 영혼, 사랑의 불꽃 피웠다
〈

겨울밤은 추억처럼 깊어가는데
한반도 여명기를 밝힌 등불,
아름다운 그 이름 나혜석에 취해가며
오늘 밤 우리는 술을 마신다.

가을 음률은 달빛처럼 가슴에 젖어드는데
— 제1회 나혜석 추모음악제

오늘 그대의 전 생애가 보인다
정월 나혜석! 그대의 고향
수원에서 열리는 추모음악회
여기 용주사 수원포교당에 오신
그대의 영혼이 선연히 보인다

그대는 행복했다, 당당했다, 생각할수록
그대는 화려했다 아. 그러나 고독했다
그대는 여명기를 밝힌 예혼의 불꽃이었다

누가 그대 생애를 짧았다고 하랴
누가 그대 사랑을 서러웠다 하랴
누가 그대 죽음을 외로웠다 하랴

그리움처럼 가을밤은 깊어 가는데
낙엽은 추억처럼 어깨에 쌓이는데
달빛처럼 음률은 가슴에 스며드는데

그대 사랑은 깊은 강물이었다

유정하게 흘러 始原으로 돌아간다
지금도 아름답게 피어있는
그대 발자취는 '화령전 작약'이다

"내 무덤에 꽃 한 송이 꽂아 달라" 하셨으나
그대 무덤은 우리의 가슴 속에 있다
수천, 수만 송이 꽃 언제나 향기롭나니
그대 생명은 빛이다 아, 푸른 세월이다

보고 싶었다, 그대 얼굴! 듣고 싶었다, 목소리!
오늘 극락대원전에 맑은 달빛으로 오신 나혜석!
긴 여행 끝내고 마침내 고향 땅 다시 밟으셨다!
사람들아, 노랫소리 듣고 계신 정월 선생을 보아라!

수원, 예혼의 꽃 만발하다
– 수원예술제 축시

수원의 가을이 화려하다
사람들 감성 밝혀주는 詩와 그림이 만나
꿈꾸는 영혼에 아늑한 그리움 심어주고

아름다운 소리, 숨결 고운 몸짓
또한 사람들 가슴 적시는
수원의 가을이 행복하다

누가 사람들을 기쁘게 하는가
누가 사람들을 즐겁게 하는가
누가 사람들을 흥겹게 하는가

일찌기 옛날부터 지금까지
깊게 깊게 예혼의 뿌리 내린
축복의 도시 수원이여

가을날, 얼 고귀한 예인들이 모두 모여
눈부신 미래 열어주는 오늘이 황홀한데
그 향연의 노래, 백리 천리 퍼져나간다

〈
바야흐로 수원의 산천, 더욱 푸르르다
어제보다 수원의 대지, 더욱 풍요롭다
그리하여 수원의 마음, 더욱 따뜻하다.

수원의 꿈

사람을 위하여 대지를 위하여 하늘을 위하여
청동기적 여기산에서 비로소 품은 영생의 꿈
온 누리 빛이 수원산하에 모여들어 눈부셨다

하늘이 보살피시어 만든 큰 고을 넓은 마을
광교산 팔달산 숙지산 여기산 칠보산 청명산
구름 속 봉우리마다 새 빛이 솟구쳐 올랐다

일찍이 화산 그 요람에 가꾼 영토 수원이여
성군 정조 효심으로 이룬 팔달기슭 신읍치
아, 백성사랑 어버이사랑 이웃사랑 펼쳤다

광교 발원 맑은 물, 동 서 남 북 흘러내려
물고을 가가호호 생명수로 밤낮 솟아오르고
축만제 만석거 제방 넘치도록 출렁거렸다

화홍문 칠간수, 남수문 구간수 폭포 이루고
사람들 가슴 적시며 젖줄처럼 흐르는 수원천
깊은 물결 옥수로 매양 철철 넘실거리는데
〈

광교적설 화홍관창 용지대월 북지상연이여
팔달청풍 서호낙조 남제장류 화산두견이여
삼라만상 절경이다 신비롭다 수원팔경이여

천만억 년 우리 강토 지켜주는 저 수원 화성
이끼 푸른 성벽 높은 누각 펄럭이는 깃발
화성행궁 화령전 가득 서린 순백의 민족혼

서로 돕고 믿으면서 먼저 양보하는 사람들
사대문 오고 가는 발자국 소리들 흥겨운데
복음처럼 열리는 금빛 내일이여 희망이여

이 나라 태평성세 여기 수원에서 이루리
수원 백성 자자손손 무궁무진 평안하리라
수원 하늘 수원 땅 산천초목 은혜로워라

한반도 고을 고을이 가족처럼 어울려 사는
瑞光의 꿈, 바야흐로 무르익어 비상하리니
천리만리 퍼져가는 아, 축복의 땅 수원이여.

■□ 임병호 시인 문학 활동

■ 시집

* 『幻生』(1975년). 경매인쇄출판사 발행
* 『가을 엽서』(1978년). 시문학사
* 『神의 거주지』(1982년). 도서출판 제삼기획
* 『우만동별곡』(1984년). 제삼기획
* 『伐草』(1987년). 제삼기획
* 『아버지의 마을』(1993년). 도서출판 동신
* 『새들이 방울을 흔든다』(동시집. 1996년). 아동문예사
* 『어느 행복주의자의 명상록』(1998년). 소반뫼
* 『금당리』(2000년). 화성미디어
* 『日出 앞에서』(2001년). 화성미디어
* 『겨울 환상곡』(2002년). 화성미디어
* 『자화상』(2005년). 가린나무
* 『단풍제』(2008년). 도서출판 AJ
* 『겨울강가에서 봄을 만나다』(2010년). 도서출판 AJ
* 『가을빛 안개』(시선집. 2012년). 도서출판 에이제이
* 『歲寒圖 밖에서』(2013년). 도서출판 에이제이
* 『四人詩』(조병기 허형만 임병호 정순영 합동시집
  2015년). 도서출판 에이제이
* 『적군묘지』(2016년). 도서출판 에이제이
* 『詩에 의탁하다』(2017년). 문학과 사람
* 『四人詩集』(조병기 허형만 임병호 정순영 합동시집
  2018년). 문학과 사람
* 『靈魂同行』(2019년). 시선사
* 『광교산 가는 길』(2020년). 문학과 사람

■ 수상

* 제1회 경기도인간상록수상 문학부문 수상(1978년)
* 제1회 수원시문화상 예술부문(1984년)
* 제4회 경기문학상(1987년)
* 제4회 경기예술대상 문학부문(1992년)
* 제32회 경기도문화상 문학부문(1993년)
* 제6회 수원문학상 대상(1997년)
* 제6회 우리문학상 본상(1998년)
* 제1회 올해의 경기문학인상(1998년)
* 제1회 한국문인상 본상(2000년)
* 제14회 한국예총 예술문화상 문학부문 대상(2000년)
* 제1회 자랑스러운 수원문학인상(2002년)
* 제4회 경기언론인상 특별공로상(2006년)
* 제3회 수원시인상(2013년)
* 제4회 경기PEN문학 대상(2013년)
* 제1회 백봉문학상(2015년)
* 제2회 세계평화문화대상(2017년)
* 수원문학 작가상(2018년)
* 제4회 전영택문학상(2018년)
* 제21회 한국문학비평가협회상(2019년)
* 제3회 한국시원시문학상 대상(2019년)

■ 현재

* 사단법인 한국경기시인협회 이사장
* 詩 전문지《한국시학》편집 · 발행인
* 국제PEN한국본부 34대 부이사장 역임 후
  35대 부이사장 겸《PEN문학》주간
* 한국문인협회 자문위원.
* 한국통일문학협회 자문위원
* 한국현대시인협회 지도위원
* 한국문학비평가협회 자문위원
* 한국가톨릭문인협회 회원
* 한국문인협회 경기도지회, 수원문인협회, 경기문학인협회,
  한국경기수필가협회, 수원시인협회,
  국제PEN한국본부 경기지역위원회 고문
* 중앙대문인회 부회장
* 畿甸향토문학연구회 회장
* 수원문학아카데미 원장

빛을 찾아 광교산으로

임 애 월

(시인, 한국시학 편집주간)

임병호 시인은 수원의 토박이 시인이다. 수원에서 태어났으며, 70년이 넘는 세월을 오롯이 수원에서 살고 있다. 그래서 그런지 임병호 시인의 수원 사랑은 참으로 유별나다. 수원 곳곳의 명승지는 물론이고 산과 호수와 동네 골목골목까지 시인의 시선이 닿지 않은 곳이 없을 정도로, 고향을 향한 시인의 무한애정은 작품을 통하여 무시로 나타난다.

1975년 첫시집 상재 이후 21권의 시집을 펴낸 시인은 그동안 써놓은 수원 관련 시 150여 편 중에서 90편을 묶은 시집 『광교산 가는 길』을 펴낸다. "지면에서 물 水자만 봐도 반갑다"고 이 시집의 冒頭에서도 밝혔듯이 시인의 수원 사랑은 지고지순하여 차라리 눈물겹기까지 하다.

1. 빛의 근원인 광교산

고려 태조 왕건이 광교산에서 솟구치는 환한 빛을 보고 가르침을 얻었다는 전설도 있듯이 수원의 광교산은 빛을 상징한다. 빛은 진리이고 희망이며, 임병호 시인이 궁극적으로 추구하는 존재의 근원이다. 『광교산 가는 길』, 그 길은 존재의 근원을 찾아가는 시인의 긴 여정일지도 모르겠다. 그 길을 왜 가야하는지는 알 필요도, 굳이 물을 필요도 없다. 그저 시인의 안내하는 대로 한번 따라가 보려한다.

광교수변로 따라가면
원근법으로 다가오는
3월을 만난다.

멀리서 보면
더욱 선연한
나무들의 체온이여

과수원 길
보리밭 둔덕에
햇살이 쌓이고

문암골
느티나무
봄빛이 완연하다.

그리운 사람 만날 수 있을까,
가슴 설레며

광교산 가는 길

시루봉, 형제봉, 종루봉
산정에서
세월이 미소 짓고

골짜기 푸른 물소리
숲속 새소리, 산수유꽃, 진달래가
어서 오라고 손짓하는데

하늘 품은
광교호 둘레길
벚꽃나무 사이로

수원여객 13번 버스가
광교산
봄소식 싣고 돌아간다.

－「광교산 가는 길」 전문

　광교산(해발 582m)은 수원의 진산이며 시인의 영혼 속 진산이
기도 하다. 마음 한 구석이 외로워서 무언가 든든한 곳에 기대고
싶을 때, 시인은 광교산의 넓은 품에 기대어 위로를 받기도 하였
을 것이다. "산문에 들어서면 평안하고, 산정을 우러르면 삶이 푸
르러진다"는 시인의 말을 통해 그것을 느낄 수 있다.
　표제 시이기도 한 이 작품에서 3월=나무들의 체온=햇살=봄빛
=봄소식이라는 긍정의 등식을 통해 그가 광교산에 기대고, 광교
산을 사랑하며, 광교산에 가는 이유가 나타난다. 그것은 곧 "그

리운 사람"으로 상징되는 빛(진리)을 통한 존재의 근원을 찾아가는 과정이며, 광교산의 기운을 빌어 "푸르"른 현재의 시간을 향유하고 싶은 작은 욕망이기도 하다. 그런 의미에서 "광교산"은 시인의 내적사유의 진산이 된다. 광교산에 가서 감성의 샘물을 가슴 속에 가득 채워 넣고 "봄소식 싣고 돌아가"는 13번 버스는 바로 시인 자신인 셈이다.

> 그 옛날 한 사람의 푸른 청년이 있었다
> 동굴 생활 백일이면 넓은 소망 이룬다고
> 수원 광교산 유곡에서 곰처럼 살았다
>
> 소름못이 그 광교산 비경을 품고 있는 곳
> 꽃 피고 달 뜨는 호심에서 세월이 머물고
> 해 뜨면 영봉에 올라 하계를 내려다 봤다
>
> 광교산 산신령님이 지켜 주셨던 백일백야
> 소름못 맑은 물, 술 대신 마시고 취하고
> 달밤이면 하강한 선녀와 정담을 나눴다
>
> 그래도 사람 사는 세상이 그리워 밤이면
> 북두성 바라보며 눈물겨워 시름 달래고
> 아침을 기다렸다 다시 하산을 꿈꾸었다
>
> 반백년 전 시절처럼 깊고 맑은 봄 소름못
> 산목련 피어 옛날로 가는 길 향기로운데
> 산중 은거 백일 추억이 숲빛으로 푸르다.
>
> ―「소름못」 전문

소름못(小留池)은 광교산 산중에 있는 큰 연못이다. 지금도 산골짜기인데 50여 년 전이면 더더욱 깊고 깊은 산중이었으리라. 여기서 "그 옛날 한 사람의 푸른 청년"은 시인 자신으로 보인다. 사람으로 환골탈태한 단군신화 속의 "곰"처럼, 시인은 마음 속 진산인 그곳에 스스로 자신을 위리안치 시키고 100일 동안 빛을 찾아 정진하며 살았나보다. 부조리한 이 세계와 어떻게 대결할 것인지, 혹은 화합할 것인지를 화두로 삼고 존재의 근원을 찾아가는 구도의 과정이었을까...

빛의 진원지인 광교산 소름못 근처 동굴에서 시작한 자신과의 싸움, 인적 하나 없는 고요하고 적막한 깊은 산중에 혼자뿐이라는 외로움, "광교산 산신령님이 지켜주셨"다는 구절에서 광교산에 대한 시인의 믿음이 얼마나 견고한지 읽어낼 수 있다. 좋아하는 술 대신 "소름못"의 물을 마시면 술 마신 것처럼 취해서 나뭇가지에 부서져 내리는 달빛이 하늘에서 "하강한 선녀"의 환상으로 보였음직도 하다.

어둔 밤마다 빛의 시간을 기다리며 하산을 꿈꾸고, 또 밤이 오고... 그런 고통의 시간 100일을 보내고서 결국은 다시 사람 사는 저잣거리로 돌아온다.

인간을 '세계-내-존재'라고 했던 하이데거의 명제처럼 인간은 독자적으로 존재할 수 없고 세계와 긴밀하게 관계를 맺으며 살아간다. 그러므로 사회로부터 받은 상처는 결국 사람 사는 세상을 통해서 구원받을 수밖에 없다. 그게 비록 한시적일지라도 사람을 통해 위로를 받으며 상처를 치유한다. 즉 빛의 시간은 사람의 무리 속에 섞여서 흐르고 있는 것이다.

50여년이 지난 지금 다시 돌아보면, 젊은 시절 치열했던 "은거 백일"이 하나의 추억으로 "푸르"게 "향기롭"게 다가온다. 유행가 가사처럼 세월이 약이 되어 한 시절의 문제를 해결해 주는 게 있긴 있나 보다.

2. 맹목적인 수원 사랑

고향
하늘에서
뜨고 지는
해와 달은
가장 아름답다.

맨 처음
해와 달
우러러 본
고향.

아, 고향의
산천초목은
삼라만상 중에서
가장
푸르고 푸르다.

꿈속에서도
꽃 피고
새들 지저귀는
고향,

나의 영토여.

－「수원별곡」 전문

앞에서도 거론한 바 있지만 임병호 시인의 수원 사랑은 참으로
유별나다. "나의 영토"인 수원에서 뜨고 지는 해와 달이 세상에서
가장 아름답고, 수원의 "산천초목"은 "삼라만상 중에서/가장/푸
르고 푸르다"라는 찬사는, 팔이 안으로 굽는다거나 고슴도치도
제 새끼는 함함하다는 정도를 넘어 맹목적인 고향 나르시시즘에
빠져 있다는 생각이 들 정도이다.

다음에 제시된 시 「수원의 꿈」에는 시인이 자랑스럽게 생각하
고 꿈꾸는, 사랑하는 수원이 아주 잘 나타나 있다.

사람을 위하여 대지를 위하여 하늘을 위하여
청동기적 여기산에서 비로소 품은 영생의 꿈
온 누리 빛이 수원산하에 모여들어 눈부셨다

하늘이 보살피시어 만든 큰 고을 넓은 마을
광교산 팔달산 숙지산 여기산 칠보산 청명산
구름 속 봉우리마다 새 빛이 솟구쳐 올랐다

일찍이 화산 그 요람에 가꾼 영토 수원이여
성군 정조 효심으로 이룬 팔달기슭 신읍치
아, 백성사랑 어버이사랑 이웃사랑 펼쳤다

광교 발원 맑은 물, 동 서 남 북 흘러내려
물고을 가가호호 생명수로 밤낮 솟아오르고
축만제 만석거 제방 넘치도록 출렁거렸다

화홍문 칠간수, 남수문 구간수 폭포 이루고
사람들 가슴 적시며 젖줄처럼 흐르는 수원천
깊은 물결 옥수로 매양 철철 넘실거리는데

광교적설 화홍관창 용지대월 북지상연이여
팔달청풍 서호낙조 남제장류 화산두견이여
삼라만상 절경이다 신비롭다 수원팔경이여

천만억년 우리 강토 지켜주는 저 수원 화성
이끼 푸른 성벽 높은 누각 펄럭이는 깃발
화성행궁 화령전 가득 서린 순백의 민족혼

서로 돕고 믿으면서 먼저 양보하는 사람들
사대문 오고 가는 발자국 소리들 흥겨운데
복음처럼 열리는 금빛 내일이여 희망이여

이 나라 태평성세 여기 수원에서 이루리
수원 백성 자자손손 무궁무진 평안하리라
수원 하늘 수원 땅 산천초목 은혜로워라

한반도 고을 고을이 가족처럼 어울려 사는
瑞光의 꿈, 바야흐로 무르익어 비상하리니
천리만리 퍼져가는 아, 축복의 땅 수원이여.

– 「수원의 꿈」 전문

"온 누리 빛이 수원 산하에 모여들어" "광교산 팔달산 숙지산
여기산 칠보산 청명산/구름 속 봉우리마다 새 빛이 솟구쳐 올"
라 수원이 바야흐로 세상의 중심이 되게 한다. 빛의 근원인 광교

에서 발원하는 물은 동서남북을 흘러 "가가호호 생명수"가 되고 '수원 화성'은 "우리 강토를 지켜주는"파수꾼이 된다. "이 나라 태평성세 여기 수원에서 이루리"니 "瑞光의 꿈, 바야흐로 무르익"는 "아, 축복의 땅 수원이여"라고 노래하는 시인의 수원 사랑에 대해 더 이상 무엇을 더 덧붙일 필요가 있을까.

임병호 시인에게 〈수원〉은 지상낙원이고, 유토피아이며, 이 지구의 중심이다. 시인은 그 피안의 세계에서 빛을 찾아 서로 나누고, 감사하고, 꿈꾸고 사랑하며 살고 있다.

3. 수원의 역사성을 문학적으로 승화

동녘을 품에 안고 밝아오는 수원 땅
팔달산 기슭 아래 백성들이 모여 살고
온 누리 빛이 모인 광교의 푸른 영봉
십 여리 버들 따라 수원천 흐르는데
격양가 드높다 옥야천리 넓은 들

화홍문 칠간수에 무지개 영롱하면
세월도 쉬어가는 방화수류 팔각정
만석거 맑은 호심 희고 붉은 연꽃이여
공심돈 소라각에 명월이 떠오르고
봉화대 힘찬 횃불, 나라 앞날 밝힌다

속세를 씻겨주는 광교산 계곡 옥수
낙락장송 팔달산에 백화천조 어울리면
어버이 향한 마음 두견으로 울어 예고

현룡 송충 깨문 아픔 비단잔디로 꽃 피는데
가이없는 효도의 길 거룩한 발자취여

뒤주 속 슬픈 생애 사도세자 그 통한
애달프다 임의 호곡 따라 울던 강산이여
배봉산 외로움을 마침내 불사르고
하늘 우러러 화산에 모신 어버이 혼 앞에서
극락왕생 길 밝히는 용주사의 목탁소리

백성 사랑 어진 뜻 삼천리에 펼치시며
어버이 위한 수원 화성 겨레 얼로 이룩하고
현룡원 오고 가신 능 행차 백리 길
지지대 고갯마루 피눈물에 젖을 때
초목들도 목이 메어 고개 숙여 흐느꼈다

돌 하나 기와 한 장 풀꽃에도 서린 효심
동서남북 사대문 깊은 역사 오고 가고
민족의 정기 성곽 따라 화성장대 오르면
연무대 천군만마 함성소리 드높은데
꿈인 듯 생시인 듯 구름 속의 수원 팔경

수원천도 크신 뜻 이승에서 못 이루고
불효자 죽거든 부왕 곁에 묻으라
오늘도 가슴 적시는 높고 깊은 임의 말씀
만백성 통곡소리 하늘가에 울렸는데
무릎 꿇어 숨죽인 청산이여 강물이여

머리 풀어 옷감 짜고 뼈 깎아 만든 바늘
살가죽 신을 삼아 어버이께 드리리라
천지의 햇살처럼 임의 숨결 영원한데

청솔 숲 바람소리 부모은중 일깨우는
찬연하다 이 땅의 빛, 아아 수원 화성!

임병호 시인이 40여 년 전에 쓴 이 시는 수원화성의 역사적 의미를 한편의 사극처럼 서사적으로 풀어낸 명시이다. 수원에서 공연되는 연극이나 합창, 퍼포먼스, 시낭송 행사에 빠지지 않고 등장하는 이 시는, 이상길 작곡가가 교향곡으로 작곡하여 수원화성과 관련된 행사 때마다 널리 불리고 있는 수원을 대표하는 시라고 할 수 있다. 80년대에는 중·고등학교에서 교내 아침방송으로 이 노래가 자주 나갔다고 한다.

수원화성의 상징성을 대표하는 이 시가 수원의 어디에도 아직 詩碑로 세워지지 않고 있다는 게 오히려 이상할 정도이다.

총 8연으로 된 이 시의 제1연은 수원의 아름답고 넉넉한 자연환경을 노래하고 있다. "온 누리 빛이 모인 광교의 푸른 영봉"에서도 보이듯이 "광교의 빛"은 수원시민들의 희망이며 안전하고 평화로운 나날이라고 필자는 읽는다.

'낙락장송 팔달산' '두견으로 울어 예고' '비단 잔디' 등에서 느껴지듯이 3연에서는 시각과 청각, 촉각으로 번져가는 점층적인 공감감적 이미지 구조로 아버지를 향한 정조대왕의 '송충 깨문 아픔'이 명치끝에 감각적 아픔으로 되살아나 읽는 이들의 가슴을 먹먹하게 한다.

4연에서는 굴곡의 역사 속에서 정치적 당쟁의 희생물이 되어 뒤주 속에서 죽어간 사도세자의 통한을 '극락왕생 길 밝히는 용주사의 목탁소리'로 승화시키고 있다. 이 어지러운 인간세계를 떠나 평화로운 극락정토로 혼을 인도하는 '용주사의 목탁소리'는 독자들의 심금을 조용하게 울린다.

필자는 지지대를 지날 때마다 이 시의 제 5연이 생각난다. 그곳에 서 있는 소나무 한 그루, 풀 한 포기도 범상치 않아 보이기 때문이다. 화산에 부왕을 모셔두고 차마 발걸음이 떨어지지 않아 그 고갯마루를 지날 때 몇 번이나 뒤돌아보느라 행차가 느려져서 '지지대'라는 이름을 얻었다는 곳. 그곳을 지키는 노송들이 정말 정조대왕의 슬픔을 함께 나누는 것처럼 느껴지는 건 이 시가 주는 강렬한 메시지 때문이다. 그게 바로 문학의 위대한 힘이기도 하다.

불효한 독자들의 가슴을 아프게 후벼 파는 부분은 이 시의 마지막 연이다.

우리들을 이 세상에 존재하게 하고 키워주신 부모에 대해 우리는 사실상 모두가 죄인들이다. 부모가 보살펴준 것만큼 되갚아 봉양하는 자식들이 어디 흔할까마는 "머리 풀어 옷감 짜고 뼈 깎아 만든 바늘/살가죽 신을 삼아 어버이께 드리리라"에서는 울컥 치밀어 오르는 뜨거운 눈물을 주체할 수가 없다. 물론 불효한 자신에 대한 후회와 반성의 눈물이다.

어느 문학행사에서 이 작품을 낭송했을 때 '몸에 소름이 다 돋더라'는 말을 행사 참석자들에게서 들은 적이 있다. 시 한편이 주는 감동이고 힘이다.

불효자들에게 "부모은중"을 일깨워 참회의 눈물을 흘리게 만드는 이 시는 '효원의 도시 수원'이라는 이름에 참으로 걸맞는 명품시라고 하겠다.

천년 그리움이
달빛으로
피어오른다

화홍문 흐르는
수원천
푸른 물소리
가슴을 적시면

세월도
쉬어 가는
방화수류정

그리운 사람아

용지 호심에 떠오른
팔각정이
오늘 더욱 유정하다.

– 「방화수류정」 전문

　수원팔경 중의 하나인 "방화수류정"은 숲과 호수를 아우르는 곳에 멋들어지게 자리하고 있어 그 풍광이 매우 수려하다. 화홍문 일곱 수문의 찬란한 물줄기가 굽이치며 수원천을 흐르는 용연 벼랑 위에서 그 자태를 뽐내고 있다.

　원래 戰時用으로 지어진 건축물이었으나, "세월도 쉬어"갈 만큼 용도와는 어울리지 않는 아름다움을 뽐내는 정자이다. 달밤에 술벗들과 그곳에 간 시인은 수원천 물소리에 젖어 "천년 그리움이/달빛으로 피어오르"는 황홀경에 한잔 술과 함께 빠졌으리라. 그윽한 달밤에 방화수류정에 올라 단골 醉友들과 용지에 떠오른 달을 건지며 흥건하게 취흥에 젖는 시인의 모습이 눈에 삼삼하다.

　　　귀신들도 몰랐다

　　　동장대 서쪽 동암문
　　　서장대 남쪽 서암문
　　　서암문 남쪽 서남암문
　　　팔달문 동쪽 남암문
　　　동북각루 동쪽 북암문

　　　수원 화성 지키기 위하여
　　　수원 백성 지키기 위하여
　　　수원 산천 지키기 위하여

　　　바람처럼 구름처럼
　　　달빛처럼 별빛처럼
　　　산새처럼 안개처럼

　　　城 안, 城 밖
　　　암문으로 오고 갔다
　　　가고 또 왔다

　　　암문이 열리면 민심이 들어오고
　　　닫히면 성곽,

청솔숲이 되었다

화성행궁 신풍루 軍旗들이 나부꼈다
둥 둥 둥 울리는 승전고 큰 북소리!
민초의 환호가 장안 사대문을 넘쳤다

누가 알랴, 알았으랴
암문이 열리고 닫히는 순간
팔달산 귀신들도 몰랐다.

　　　　　－「暗門」 전문

　화성에는 숨겨진 "암문"이 5개 있다고 한다. 주로 후미지고 으
슥한 곳에 비밀스럽게 만들어둔 이 문을 통해 戰時에는 양식이나
물자 등이 "바람처럼 구름처럼" 적에게 발각되지 않고 슬며시 드
나들 수 있게 하였다. "팔달산 귀신들도 몰랐"을 만큼 은밀히 드
나들게 만든 수원화성의 구조는 지금 다시 봐도 참으로 놀라울
따름이다. 〈수원화성〉이 여러 면에서 대단한 역사성과 가치를 지
녔다고 하는 이유를 알 것 같다.
　암문을 "귀신들도 모"르게 "수원 백성"과 "수원 산천"을 지키
기 위한 장치라고 노래하는 시인의 '수원 사랑'은 이 작품에서도
드러난다. "암문이 열리면 민심이 들어"온다는 시인의 '수원 사
랑'은 정치의 중심에는 항상 백성이 있어야 한다는 정조대왕의
'애민정신'과 서로 상통한다는 걸 느낄 수 있다.

4. 우만동 이야기

꽃인 양
다소곳이
이슬비를 맞으며
아내 혼자서
채마밭 김을 매고 있네

부끄러운
속살
젖어도
보조개 그리는
착한 눈매

다섯 살
막내딸이
호박잎 우산 들고
토끼처럼, 토끼처럼 뛰어오네.

　　　－「우만동 빛」 전문

　우만동은 소가 살찌는 마을이다. 마을 이름에서부터 평화로운
기운이 흠뻑 느껴진다. 시인은 이 마을 산자락에 처음으로 내 집
을 짓고, 채마밭을 가꾸고, 올망졸망한 자식들을 키우며 조촐하
지만 평화로운 일상의 삶을 안착시킨다.

　"이슬비" 내리는 날에도 "꽃인 양/다소곳이" 채마밭에 앉아서
밭을 매는 아내의 모습이 참으로 대견하고 흐뭇하다. 게다가 "다
섯 살/막내딸이/호박잎 우산 들고/토끼처럼, 토끼처럼 뛰어오"는

모습은 삼라만상의 "빛"들이 우만동으로 모여들어 한 폭의 그림을 꾸며놓은 것처럼 아름답다.

소가 살찌는 마을에서 내 집을 마련하고 퇴근시간이면 "착한 눈매"의 아내와 토끼 같은 자식들이 마중 나오던 그 시절이, 시인에게는 가장 뿌듯하고 설레던 시절이 아니었을까 싶다.

바람이 푸르게 모여 살던
우만동 山이
포크레인에 피 흘리며 쓰러지고
점령군 보초병처럼 세워지는 전주들

허리 잘린
청솔 그루에 앉아서
아이들은
떠난 지 오랜
산새들 노래를 찾았다

물꼬에 살찐 송사리
개구리 울음

문전옥답
웅덩이에 떠오르던 별
달빛 속에서 잠들던
부엉이도 사라지고

시야에
난입하는
도심의 네온들

인근 산업도로 자동차 소리가
밤마다
추억을 깔아뭉개며 질주했다.

   – 「잃어버린 노래」 전문

    소가 살찌던 그림 같은 마을 우만동에도 산업화시대의 개발이
라는 바람이 불면서 푸르던 산이 파헤쳐지고 "산업도로 자동차
소리가/밤마다/추억을 깔아뭉개며 질주하"는 이른바 아파트 건
설 붐이 시작되었다. "바람이 푸르게 모여 살던/우만동 山이/포
크레인에 피 흘리며 쓰러지고/점령군 보초병처럼" 전주들이 세워
진다. "달빛 속에서 잠들던/부엉이도 사라"져 밤새들의 노래가
끊이지 않던 산자락까지 "도시의 네온" 불빛이 난입을 하고, 마
을 아이들은 "잃어버린 노래"를 찾아 떠돌기 시작한다.
    "문전옥답/웅덩이에 떠오르던" 둥근 달이 기울고 제 짝을 부르
던 "개구리 울음"도 사라져버린 마을, 소들은 풀을 뜯을 들녘을
잃었고, 빛을 잃어버린 사람들은 더 이상 노래를 부르지 않았다.

흙냄새 나는 사람들은
떠나고, 모두 떠나가고
허무가
누워 있는 마을

재벌 회사 공장부지 푯말에
가슴 찔린 전답이
죽음 곁에서 신음하고

그리웠다
거머리 떼어 내며
모내던 시절

메밀꽃 밭 너머
수수 이삭 흔들며
참새 떼 몰려다니던 소리
품에 다시 안고 싶을 때

이태 째
허수아비 뼈다귀 뒹굴고
하루살이 들끓는
수만 평 유휴 농경지
온갖 잡풀 속에서

흙의 뿌리처럼
오, 벼 몇 포기 저절로
검푸르고, 푸드득
뜸부기가 날고 있었다.

　　　－「부활」 전문

　　그로부터 "이태"쯤 지난 뒤 "흙냄새 나는 사람들"이 모두 떠나간 자리에 다시 돌아와 선 시인의 눈에는 문전옥답에 깊게 찔러 박은 "재벌 회사" 표식이 먼저 들어온다. "가슴 찔린 전답"처럼 짜르르 전신통증이 몰려오고, 다리에 달라붙던 "거머리 떼어내며/모내던 시절"이 더더욱 그리워진다.

　　그래도 "참새 떼 몰려다니던 소리" 그리워 "흙의 뿌리"로 습관처럼 돌아온 날, "부활"의 이름으로 검푸르게 다시 돋아나는 것들이 있다.

절망과 희망은 서로 공생한다고 했던가. 절망의 끝에서 무거운 침묵의 날개를 털고 "푸드득" 허공을 차고 오르는 "뜸부기"의 날갯짓으로 형상화된 희망은, 절망이라는 사다리를 밟고 또 다른 빛을 향해 기운차게 날아오른다.

5. 따뜻한 인간애를 품은 휴머니스트

니체는 '필연적인 운명을 긍정하고 사랑할 때 인간이 위대해지며, 인간 본래의 창조성을 발휘할 수 있다'고 했다. 이는 고통과 상실을 포함한 자신의 운명을 기꺼이 받아들이는 삶의 태도를 말한다. 자신의 운명을 한탄하거나 체념하는 것이 아니라 삶의 과정에서 수반되는 고통까지도 적극적으로 받아들인다는 의미인데, 여기서 살펴보는 연작시 「연무동 이야기」에서는 현실적으로 힘이 약한 사람들은 운명에 대한 사랑(Amor Pati)이 더욱 각별하기를 바라는 시적화자의 믿음이 깔려있다.

이들 작품들에서는 소외된 이웃들에게 보내는 화자의 시선이 봄 햇살처럼 따뜻하다. 그 눈빛은 그럴 듯하게 글을 쓰기 위한 설정이 아니라, 그냥 그대로 따스하고 인간적이기 때문에 독자들의 공감대를 끌어들이는 힘이 있다. 즉 자연스럽게 화자의 시선을 따라가며 대상을 편견 없이 바라보게 된다는 의미이다.

오늘도 표준당시계포 주인 홍 씨는 고장 난 시계를 고
쳐줍니다. 세월이 올바로 흐르게 합니다. 이웃집으로 꽃 넝
쿨 넘겨주며 그냥 웃으며 살아가는 우리 동네 표준당시계
포 홍 씨는 곱사등이. 그러나 생활은 청죽처럼 언제나 곧
습니다. 우리들더러 고장 나지 않는 시계처럼, 자유를 위하
여 흘러가는 오월의 강물처럼 올바르게 살아가라고 일러
줍니다. ─「올바르게 살아가라고」 전문

　서사적인 작품에서 실명을 즐겨 사용하는 시인은 잘 나고 강
한 것들이 아닌 쪽 사람들에게 더 관심을 보이는데, 이 작품들을
읽을 때 그 너머에 깊이 내장된 시인의 의도를 우리는 읽어낼 필
요가 있다.

　"고장 난 시계를 바르게 고쳐주"는 "표준당시계포 홍 씨"는 곱
사등이다. 그러나 그는 "청죽처럼 언제나 곧"게 살고 있다. 오히
려 육신이 정상인 사람들에게 "올바르게 살아가라고 일"러 준다.
지독한 아이러니이며 깊숙한 내적은유를 함의하고 있다는 건 굳
이 설명하지 않아도 느낄 수 있을 것이다. 시인은 곱사등이 "표준
당시계포 홍 씨"를 통해 겉과 속이 다르게 행동하는 표리부동한
자들에게 삶의 "표준"을 제시해 주고 싶었을 것이다.

　　아무래도 삶이 즐거운가 봅니다. 우리 동네에 있는 수원
여객 차고 모퉁이의 서너 평 쯤 되는 비닐하우스에서 철 따
라 다른 과일을 파는 젊은 아줌마의 얼굴은 내내 봄빛입니
다. 눈 내리던 지난겨울 비닐하우스 안에서 젖 먹이던 아기
가 햇살을 헤치며 걸음마를 하는 요즘, 그 기쁨을 바라보
는 젊은 아줌마의 마음 둘레에 피어나는 패랭이꽃, 홍백의
패랭이꽃 향을 보았습니다. ─「패랭이꽃」 전문

비닐하우스 과일매점 주인 "젊은 아줌마의 얼굴은 내내 봄빛입니다"라는 구절에서는 고단해 보이는 그녀의 생활이 내내 즐겁기를 바라는 마음이 엿보인다. 비닐하우스 매점에서 어린 아기를 데리고 일을 해야 하는 현실이 참으로 안타깝지만 아장아장 "걸음마하는" 아기를 보며 그나마 힘을 내주기를 바라는, 즉 아모르 파티(Amor Pati)적인 삶을 살았으면 하는 마음이 얼비친다. "젊은 아줌마의 마음 둘레에 피어나는 패랭이꽃"을 상상으로 피워 올리는 임병호 시인은 이 시대의 가장 따뜻한 휴머니스트가 아닐까.

> 엄마야 ! 나야 나, 희숙이. 요즘 엄마 아픈 데 없지? 응?
> 나는 잘 있어. 기숙사 언니들이 귀여워해주구, 식당 아줌마
> 들두 내가 이쁘대. 밥두 잘 먹구 반찬두 남기지 않는다구.
> 근데 나 엄마, 나 어저께 월급 탔다. 자그마치 십사만 오
> 천 원이야. 되게 많치? 그치? 앞으로 잔업을 많이 하믄 이
> 십만 원도 탈 수 있대. 그때 내가 뭐랬어? 고등학교 안가길
> 잘했잖아. 취직하려구 학교 가는 건데 뭐, 난 벌써 수원에
> 와서 취직했잖아. — 「질경이꽃」 부분

"희숙이"는 식구가 많고 가난한 어느 시골 가정의 맏딸이었을까. 고등학교도 못가고 취직한 "밥 잘 먹구, 반찬도 남기지 않는" 순하고 착한 딸. 그렇지만 "앞으로 잔업을 많이 해"서 월급을 많이 타야하는 산업화시대의 억척스러운 딸... 남들은 대학엘 가고 멋도 부리고 미팅도 하는데 그저 공장에 취직한 게 엄청난 행운을 받은 것처럼 고마워하는, "질경이 꽃"처럼 밟혀도 자신의 운명을 적극적으로 사랑(Amor Pati)하는 긍정적인 딸... 70~80년대

우리나라의 산업화를 이끌어간 주역들이다.

　작품 전체가 대화체인 이 작품의 분위기는 씩씩하고 밝은 모양
새를 취하고 있지만 그 저변에는 얼룩진 눈물자국이 보인다. "질
경이꽃"이라는 제목에 시인은 이미 그 숨겨둔 고통과 슬픔을 제
시해 놓았기 때문에 어느 정도는 감지하면서 읽게 되지만, 이 작
품을 읽으면서 '눈물이 없으면 꽃도 없다'는 단순 명제를 그냥
믿고 싶어진다. 뒤집으면 눈물은 반드시 아름다운 꽃을 피운다는
의미가 될 테니까.

6. 조원동 별곡

　　비 오는 날 저녁 무렵이면 맹꽁이들이 유별나게 맹꽁 맹
꽁 합니다. 논밭이 없어졌는데 개구리들도 따라서 개골 개골
그럽니다. 한 십년 전 아파트단지로 변했지만 옛날 마을 이
름 그대로 대추나무 골입니다. 아파트 사이사이 작은 공원
이 있지만, 텃밭은 여기 저기 조금 남아 있지만 도대체 맹꽁
이, 개구리들이 어디서 살고 있는지 신기합니다. 느티나무, 밤
나무, 상수리나무 가지에서 까치들이 깍 깍 까악, 참새들이
짹 짹 짹 까불어대는 조원(棗園) 뉴타운 아침나절엔 광교산
에서 내려오는 뻐꾸기가 정겹습니다. 한 밤 중 소쩍새도 이
따금 찾아옵니다. 상추밭, 아욱 밭, 열무 밭 근처에 지렁이도
살고 있습니다. 날마다 맹꽁이들이 개구리들이 울어댔으면,
아니지요 합창을 했으면 좋겠습니다. 귀여운 고놈의 맹꽁이,
개구리 모습이 눈앞에 삼삼한데 목소리만 보여 줍니다. 맹꽁
이, 개구리가 옛날을 부르는 조원 뉴타운엔 흙이 살아 있습
니다. 흙 내음 향기롭습니다. － 「조원 뉴타운 엽서 1」 전문

조원동은 현재 임병호 시인이 살고 있는 동네이다. 이 동네도 예전에는 논밭이 있고 대추나무가 많던 시골이었는데 지금은 "아파트 단지"가 들어섰고 시인은 그곳에 입주해서 살고 있다.

"비 오는 날 저녁 무렵이면 맹꽁이들이 유별나게 맹꽁 맹꽁 합니다. 논밭이 없어졌는데 개구리들도 따라서 개골 개골 그럽니다"

"도대체 맹꽁이, 개구리들이 어디서 살고 있는지 신기합니다"

시인은, 아파트가 생겨난 뒤에도 그 주변에 아직도 맹꽁이와 개구리들이 살아있다는 사실에 안도하며 작은 위로를 받는다. 도시 개발이라는 광풍이 휩쓸고 지나간 그 자리에서 메마른 감성의 한 끝을 촉촉이 적셔주는 맹꽁이와 개구리 소리가 들리다니... 게다가 "아침나절엔 광교산에서" "뻐꾸기" 소리가 내려오고 "한밤중"엔 "소쩍새" 소리도 들려오니 얼마나 고맙고 반가운 일이겠는가.

날마다 그들이 "합창을 했으면 좋겠"다는 시인은 그들의 합창을 들으면 "흙 내음이 향기로" 워진다고 어린 아이처럼 좋아한다. "조원 뉴타운" 아파트는 광교산에 인접해 있어서 산이 주는 혜택을 오롯이 받고 있나보다.

오늘 아침 출근길에서 만난 대추나무 잎들이 제법 자랐습니다. 어제보다 한결 예뻐졌습니다. 오동나무 꽃이 하얗습니다. 새들이 놀러 왔는지 오동나무가 춤을 춥니다. 나뭇가지 사이로 초록 음표가 뚝뚝 떨어집니다. 아파트에서 경기일보까지 걸어서 한 십오 분이면 넉넉한데 요즘은 보통 삼십분 걸립니다. 신문사까지 가는 동안 풀, 꽃, 나무, 새들이 자꾸 아는 체 해 차마 그냥 갈 수 없습니다. 어떤 날은 까치들이 길에서 깡충거리며 못 가게 합니다. 개미들

이 분주히 지나가면 또 기다려야 합니다. 오늘 아침엔 민들
레꽃, 망초꽃과 얘기했습니다. 토끼풀들이 저쪽에서 두 귀
를 쫑긋 세우고 있습니다. 가끔 출근 시간이 늦어지긴 하
지만 조원동 뉴타운 아침이 상쾌합니다. 요즘은 밤꽃 향기
가 한창입니다. —「조원 뉴타운 엽서 2」 전문

모든 생물체는 환경에 대한 적응력이 매우 강하다. 사람도 마
찬가지여서 우만동 들판 뜸부기의 날갯짓에 묻어온 긍정의 빛은
조원동 와서 다시 정착한다.

조원동에서 경기일보까지 도보로 걸어가는 출근길에서는 한결
가벼워진 걸음걸이가 느껴진다. 길가에서 "오동나무가 춤을 추"
고 "풀, 꽃, 나무, 새들이 자꾸 아는 체"하고 "까치들이 길에서 깡
충거리며 못 가게" 만들어 출근길이 늦어지기도 하는 시간들이
동화 속의 한 장면처럼 즐거운 비명으로 들려온다.

작은 풀꽃의 손짓에도 민감하게 반응하고 이름도 모르는 새들
의 노랫소리에 귀 기울이는 시인의 눈빛은 열두 살 소년의 동심처
럼 순수하고도 무구하다.

조원마을 사람들
가슴도 청결케 한다

폐암도 이겨낸 주인아저씨의 세탁 기술

시름을
펴주듯이
다리미질 솜씨도 제일이다

—「뜨란채 세탁소」 전문

'긍정은 힘이 세다'는 말처럼 조원동 "뜨란채 세탁소" "주인아 저씨"는 폐암도 이겨내신 깨끗한 세탁기술을 자랑한다. 세탁소가 거기에 있어서 "조원마을 사람들"은 마음이 한결 청결해지고, 아 저씨의 탁월한 "다리미질 솜씨" 때문에 이런저런 삶의 주름도 펴 가면서 산다. 자신의 운명을 적극적으로 사랑하는 사람들은 가 끔씩 절망이 장난을 치더라도 언제나 희망의 끈(빛)을 놓지 않는 다. 오히려 그 절망을 밟고 더 높게 오른다. 그게 Amor Pati적인 삶이고 철학이고 습성이다.

임병호 시인이 사는 마을 대추골은 광교산 자락에 있어 광교 산의 정기(빛)를 흠뻑 받으며, 꿈속에 "전설처럼 들려오"는 "장닭 소리"를 "나무의 마음처럼"(「조원동 2」) 언제나 맑은 예감으로 꿈 꾸고 있다.

7. 마음 안에 쟁여놓은 빛의 원형

예술은 아름다움을 창조하거나 표현하는 것을 그 목적으로 한다. 예술가들은 자신만의 고유한 빛을 내면에 품고 있는 사람 들이다. 사람들이 추구하는 꿈(빛)은 다양한 스펙트럼을 통해 자 신에게 필요한 것을 취하게 되므로, 모든 예술작품은 아름다운 빛을 전해주기 위해 그 스펙트럼 역할을 완벽하게 해내야 한다.

시인은 자기가 쓴 작품을 통해 시인이 되고, 그 작품으로 누군 가의 마음을 감화시킨다. 혹자는 한 편의 시를 통해 고통을 위로

받고, 혹자는 한 편의 시를 읽고 모순된 사회를 개혁하려는 꿈을 꾸기도 한다.

50여년 넘게 시를 써온 임병호 시인의 마음 안에 쟁여놓은 빛의 원형은 지극히 인간적이다. 잘 나고 힘 센 것들이 아닌, 작고 외로운 대상들에게 더 따스한 눈빛을 보내는 시인의 시선은 언제나 맑고 투명하다.

부모님의 품속과 같은 광교산 산자락에서, 천년 달빛이 일렁이는 소름못 물가에서, 역사의 향기 서린 팔달산 성곽에서, 봄빛 싱그러운 매향동, 남수동, 우만동, 연무동, 조원동 산책길에서, 소박한 사람들과 어우러져 살아온 70년이 넘는 세월 동안 시인은, 길에서 만나거나 지면에서 만나는 모든 이들에게 따뜻하고 맑은 빛을 나누어 주며 살고 있다.

'성당을 그리느니 차라리 인간의 눈을 그리겠다. 왜냐하면 성당에는 아무것도 없지만 인간의 눈에는 영혼이 깃들어 있기 때문'이라는 빈센트 반 고흐의 말처럼, 사람을 위해 시를 쓰고, 존중하고 위로하며 사랑하고 그리워하는... 가장 인간적인 영혼의 소유자 임병호 시인은 그래서 위대하다.